Jürgen Mette

Espenlaub

Über den Autor

Jürgen Mette ist Theologe und war bis 2013 geschäftsführender Vorsitzender der Stiftung Marburger Medien. Er stand 22 Jahre dem Stiftungsrat der Studien- und Lebensgemeinschaft Tabor vor. Viele Jahre hatte er einen Lehrauftrag an der Evangelischen Hochschule Tabor inne. Er engagiert sich in diversen christlichen Führungsgremien wie zum Beispiel im Hauptvorstand der Deutschen Evangelischen Allianz. Auch als Buchautor hat er sich einen Namen gemacht. Seine Autobiografie „Alles außer Mikado – Leben trotz Parkinson" avancierte zum SPIEGEL-Bestseller. Jürgen Mette ist verheiratet und Vater von drei erwachsenen Söhnen.

JÜRGEN METTE

Espenlaub

ROMAN

Inhalt

Prolog

Ausgerechnet auf dem Lokus war es passiert, dem anrüchigen Ab-Ort ganz menschlicher Bedürfnisse. Die Krise seines Lebens begann tatsächlich auf der Toilette, besser gesagt in einem kleinen Herzhäuschen aus rohen Brettern – in der Evolution der Aborte ein Verbindungsstück zwischen Donnerbalken über offener Grube und einer Porzellanschüssel mit Brille und Deckel, wie sie in den Fünfzigerjahren im Dorf Einzug gehalten hatte.

Dieser stille Ort war schlicht möbliert: eine Holzkiste mit oval ausgeschnittener Öffnung und einem grob gezimmerten Deckel darauf, ein Nagel in der Wand, der für das Toilettenpapier in Form von sauber zugeschnittenen Zeitungsseiten vorgesehen war. Und das alles in der freien Natur. Auf 1732 Metern Höhe.

Eigentlich ein Ort der körperlichen Entlastung, jetzt aber ein Ort schwerer *Be*lastung. Ein bedrückendes Signal, das sich unerbittlich in sein Bewusstsein fraß.

Es war ihm schon die letzten Monate aufgefallen, dass er sich nicht mehr selbst aufrichten konnte, wenn er auf dem Boden kauerte. Und nun war es so weit: Er schaffte es auch nicht mehr, von dieser Holzkiste auf die Beine zu kommen. So saß er eine Weile in sich versunken, schlagartig von einer düsteren Zukunftsahnung befallen.

Nach einigen mühsamen Verrenkungen und dem Versuch, sich an den Kanten der Bretterverschalung festzukrallen, gelang es ihm schließlich doch, in die Senkrechte zu kommen. Er zog mit zitternden Händen seine Hose hoch und knüpfte sie an die breiten Hosenträger.

Auch dieser alltägliche Handgriff war inzwischen eine große Herausforderung geworden. Entweder waren die Knöpfe zu groß oder die Knopflöcher zu klein. Weil sich aber beides nicht geändert hatte, konnte nur etwas mit seinen Fingern nicht stimmen: Sie brachten solch eine Kleinarbeit einfach nicht mehr zustande.

Vornübergebeugt, die Nasenspitze eineinhalb Meter von der Grasnarbe des Steilhangs entfernt, stieg er die zwanzig Meter zur Almhütte hinauf. Alle paar Schritte blieb er stehen, weil er nach Luft ringen musste, gefährlich wankend ums Gleichgewicht bemüht. Er musste jetzt Vorsorge treffen, da gab es nichts mehr aufzuschieben.

Keuchend betrat er den ebenerdigen Keller der Almhütte, die wie angeklebt am Steilhang hing, suchte in der kleinen Werkstatt ein Stück Strick, ein paar Abschnitte von einem alten Ledertreibriemen, Hammer und Nägel und kehrte zurück zum Abort über dem Abgrund.

Oberhalb der Tür war ein starkes Stück Holz, ein sogenannter Riegel, mit den senkrechten Pfosten verzapft. Dort fixierte er den Strick mit dem alten Lederriemen und nagelte beide Teile fest. Am unteren Ende hatte er einen kräftigen Knoten geknüpft. Wann immer er nun sein unvermeidbares Geschäft verrichtet hatte, griff er nach diesem Strick und zog sich daran hoch.

Aber was sollte bloß werden, wenn irgendwann die Kraft in den Armen nachließe? Er hatte keine Ruhe, bis er ein paar Rundholzpfähle in den nassen Boden geklopft und darauf dünne Rundhölzer genagelt hatte. Eine Art Handlauf zur Sicherung am Abgrund.

Eines Nachts träumte er, man habe ihn auf eine Karre geladen und durch den stockfinsteren Wald nach unten ins Dorf gefahren. Schweißgebadet stand er danach auf, um sich mit ein paar wackeligen Kniebeugen selbst zu beweisen, dass er nicht schon gelähmt war. Manchmal lag er nämlich wie eine Steinplatte im Bett, ohne sich nach rechts oder nach links drehen zu können.

Das bedrückende Erlebnis im Herzhäuschen war wie ein weiterer Meilenstein auf seinem mühsamen Weg in die körperliche Hinfälligkeit.

Schon seit einigen Jahren wurde er von einem ständigen Zittern geplagt, von Gleichgewichtsstörungen und abnehmender Muskelkraft. Und das im besten Mannesalter. Die Leute sagten, er zittere wie Espenlaub. Er kannte weder das Laub noch die Espe.

Aber er wusste, dass sein Lebensweg steiler werden würde. Er war ja mit dem Steilen vertraut, was war in seinem Leben schon flach? Doch von nun an musste er sich in jeder Hinsicht gegen den Absturz stemmen.

In letzter Zeit war er immer öfter vom Melkschemel gefallen. Die Kuh musste sich nur ein wenig in seine Richtung bewegen, dann verlor er das Gleichgewicht und landete halb unter dem Tier. Er konnte sich inzwischen kaum noch von dem niedrigen Arbeitsgestühl mit den drei Beinen erheben. Seine Beine knickten ihm so zitternd weg, dass er in seiner Hilflosigkeit nun auch zwischen den Kühen kurze Stricke befestigte, an denen er sich festhalten konnte.

Irgendwann fiel ihm auf, dass er sich vor dem Schlafengehen nicht mehr auszog: Er hatte solche Mühe, die Hose hochzuziehen, dass er sie lieber gleich anbehielt. Er konnte nicht mehr auf einem Bein stehen und mit dem anderen ins Hosenbein schlüpfen. Oft genug war er bei dieser alltäglichen Prozedur der Länge nach zwischen Stuhl und Tisch geknallt. Ein Wunder, dass nicht mehr passiert war.

Und wenn er sich zur Körperpflege die Zinkwanne in der Almhütte aufgestellt hatte, um ein Bad zu nehmen, dann konnte er das kaum genießen, weil er ständig daran denken musste, wie er wieder ins Trockene kommen sollte. Einmal wäre er fast mitsamt der gefüllten Wanne umgekippt.

So befestigte er schließlich noch einen Strick an der Decke, der genau über der Wanne pendelte. Und einen Strick über dem Bett. Und einen Strick über seinem Essplatz am Tisch. Irgendwann hatte er einen Strick zu einer Schlinge gebunden und unter seinem Bett versteckt. Für alle Fälle.

Abgrund

Wieder einmal war es Herbst geworden, hoch droben auf der Alm, oberhalb des Pustertaler Bergdörfchens Terenten. Es roch modrig und erdig, als Vorspiel zum nahenden Sterben der Vegetation. Alles musste bald in den frostigen Tod des Winters sinken, um später wieder zum Leben zu erwachen. Doch zunächst zeigten die Bäume unterhalb der Almhütte noch ihr buntes Blätterkleid in leuchtenden Herbsttönen. In der Frühe des Tages glitzerten die Tautropfen, verwoben von Milliarden feinster Spinnfäden, die in den Strahlen der Morgensonne funkelten.

Viele Jahre verbrachte er nun schon den Sommer hier oben. Jahr für Jahr hinauf und wieder hinunter. Leben im Winterquartier, Leben im Sommerquartier. Und immer ein Leben für die Kühe. Auf 1732 Metern Höhe. Fern von Menschen, Geschäften und Fabriken. Das moderne Leben spielte im Tal.

Hier oben diktierte der Rhythmus der Kühe den Alltag des Menschen. Denn der Kuhhirt überwacht und begleitet das Leben einer Kuhherde. Einer der ältesten Berufe überhaupt macht aus einst wilden Tieren zahme Haustiere, die ihrem Besitzer Milch, Leder und Fleisch liefern. An diesem Lieferanten hing die Versorgung der Großfamilie und der wirtschaftliche Ertrag des Hofes. Darum war ihm die Betreuung der Herde zu einer Berufung geworden.

Zum Dank dafür streckten ihm die gutmütigen Vierbeiner das meistens verkleckerte und verkrustete Hinterteil hin. Die Kuh frisst immer, verdaut ausgiebig rauf und runter und übersät alles mit ihren spinatartigen Hinterlassenschaften. „Eine vegetarisch angetriebene Milch- und Fleischproduktion auf vier Beinen, mit zwei Haltegriffen vorne am Kopf!", so hat es einmal ein Lehrer der Fachschule für Almwirtschaft formuliert. Im Flachland kann man sie fast sich selbst überlassen, die Schwarz-Bunten, auch Holsteiner genannt. In den Bergen brauchen sie hingegen besondere Betreuung, die Rot-Bunten, auch Fleckvieh oder Braunvieh genannt.

Die Kuh will geführt und vor den Abgründen bewahrt werden. Dazu braucht sie einen Menschen, und zwar einen geduldigen. Keinen überdrehten Hektiker, sondern einen gemütlichen und seelenruhigen Hirten, der vorangeht. Einen wie Anton Hinteregger.

Ein Leben für die Kühe am Abgrund, immer mit dem Wetter, den Pflanzen und Tieren im Einklang: Das Hirtenleben hat etwas Archaisches, es ist eine Berufung jenseits aller technischen Errungenschaften. Kein Wunder, dass diese seit Jahrtausenden existierende Beschäftigung das wohl bekannteste biblische Sinnbild für Vertrauen hervorgebracht hat: „Meine Schafe hören meine Stimme und sie folgen mir."

Die achtzig Jahre alte Almhütte bestand aus einem Raum zum Buttern und Käsen, zum Kochen und Essen und aus einer Schlafkammer mit Schrank, Bett und Stuhl. Unter Tisch und Bett waren die breiten Dielen des Fußbodens noch so glatt, als wären sie gestern erst verlegt worden. Doch überall dort, wo der Hirte mit seinen genagelten Schuhen seine Spuren eingegraben hatte, waren sie abgewetzt. Diese Spuren im Holz waren die Trampelpfade eines eintönigen Hirtenlebens. Es gab keine Abweichungen vom Kurs, alles war auf dem Holzboden vorgezeichnet, sodass die schlurfenden Füße auch nachts den Weg fanden, wenn der Hirte schlaftrunken, mit halb geöffneten Augen, ins Freie wankte.

Die Schlafkammer war mit kleinen Heiligenbildern geziert, mittendrin ein Porträt des Papstes. Auch einige vergilbte Fotografien von Kühen mit festlichem Kopfschmuck beim Almabtrieb waren zu sehen. In der Ecke stand ein grob gezimmertes Bücherregal, vollgestopft mit stark strapazierten Büchern, die auf gründliche und eifrige Lektüre schließen ließen. An der Wand neben dem Bett hing auf Kopfhöhe eine Fotografie von einer jungen Frau, liebevoll eingerahmt und mit frischen Almblumen verziert. Die Farben waren blass geworden, so als hätte der Betrachter das blühende Antlitz täglich neu in sich aufgesogen.

Auf der Fensterbank des Hauptraumes mit gemauertem Herd stand eine Petroleumlampe mit einem schlanken Glaszylinder, der mit feiner Gravurarbeit verziert war und eigentlich gar nicht zum grob gezimmerten Mobiliar passen wollte. An der Wand über dem Esstisch hing ein Regal, in dem die flachen runden Brotlaibe wie Bücher aufgestellt waren. Davor befand sich ein stabiler Tisch mit der Bruatgromml drauf – eine Holzlade mit einem Messer, das auf einer Seite mit einer Schraube und Öse beweglich befestigt war und am anderen Ende einen Holzgriff hatte, eine Art Brotschneidemaschine für den Handbetrieb.

An der Wand hingen weiße Leinensäckchen, in denen – der lästigen Fliegen wegen – der Speck und die Wurst gelagert wurden, die kräftigenden Grundbestandteile jeder Mahlzeit. Neben dem Herd stand ein Schrank, in dem Grieß, Gerste, Haferflocken, Maismehl,

Zucker, Salz und Öl aufbewahrt wurden. Die schwere gusseiserne Pfanne auf dem Herd wurde nie richtig kalt, irgendetwas schmorte immer vor sich hin. Meistens gab es Rahmmuas oder Melchermuas.

Dazu brachte der Hirte in der Eisenpfanne selbst gemachte Butter zum Schmelzen, gab Milch dazu und rührte mit dem Schneebesen Maismehl, Grieß, Zucker und Salz ein. Unter ständigem Rühren wurde die Masse zum Kochen gebracht. Dann musste das Zeug eine halbe Stunde am Rand der Herdplatte schmoren, bis am Boden eine schöne Kruste, die Raschp'n, entstand. Nun ließ man die Pfanne etwas abkühlen, erhitzte Butter in einer kleinen Pfanne, bis sie schön braun war, und goss sie über das Melchermuas. Zum Schluss bestreute man das Ganze mit Zimt und Zucker und aß die bescheidene Alltagsleckerei direkt aus der Pfanne.

Manchmal gab es auch Knödel, Schmarrn oder Plente, ein Brei aus Buchweizenmehl. Einfach, aber nahrhaft. Es roch immer nach Rauch und nach feuchten Kleidern, die am Ofen hingen und trockneten. Denn eine Garnitur Arbeitskleidung war immer nass, die landestypische Südtiroler blaue Schürze mit bunt gesticktem Wappen sowieso. Und über allem lag dieser würzige Geruch aus Käse und Kuh, irgendwie süßlich.

Die Almhütte war unterkellert – dort war es kühl, ideal zum Aufbewahren der Lebensmittel. Da standen die Käseregale und da war auch Platz für eine kleine Werkstatt. Neben der Almhütte befand sich der Kuhstadel mit einem Heulager darüber. Und in Sichtweite, ganz am Abhang, stand das bewusste Herzhäuschen.

Die Holzfassaden der kleinen Gebäude waren von der schroffen Witterung so malträtiert, dass die rauen Bretter silbrig schimmerten. Die Dächer waren mit großen Schindeln gedeckt, die mit Rundhölzern und schweren Feldsteinen gesichert waren.

In den kurzen Sommermonaten kamen hin und wieder Wanderer vorbei, die zur Eidechs- oder Steinspitze hinaufwollten, zum Kompfossee oder zur Tiefrastenhütte, um dort zu übernachten und den Pfunderer Höhenweg entlangzugehen. Aber sonst war es ein ruhiger Ort, abgeschieden vom Touristenstrom unten im Tal. Für Wintersportler war das Hochtal uninteressant, es gab keine Skilifte und keine präparierten Pisten. Ganz selten wagten sich mal Schneewanderer mit ihren unförmigen untergeschnallten Brettern hier hoch.

Das Dörfchen Terenten auf dem Hochplateau auf 1210 Metern Höhe war erst spät vom Tourismus entdeckt worden. Erst Mitte der Siebzigerjahre konnte der Ausbau der sogenannten Sonnenstraße von Vintl über Terenten bis nach Bruneck abgeschlossen werden. Und dann kamen die Touristen. Sie veränderten den sonst so verschlafenen Ort – überall wurde gebaut. Es entstanden Hotels, die Bauern richteten kleine Ferienwohnungen und Pensionen ein. Damit hatten sie einen schönen Zuverdienst zur Landwirtschaft und zum Handwerk.

Anton Hinteregger wurde von dieser Aufbruchstimmung nicht erreicht. Er stand in jeder Hinsicht über den Dingen. Doch manchmal beschlich ihn das Gefühl, sein Leben gelebt zu haben. Was sollte noch kommen?

Er war in seinen besten Jahren, aber er sah nicht so aus. Die breiten Schultern hingen etwas herunter, so als hätte die schwere körperliche Arbeit den einstmals kräftigen Körper zusammengepresst. Dadurch wirkte er 20 Jahre älter: ein gebeugter Mann mit zäher Gangart und auffälligen Trippelschritten. Hager war er und in sich verkrümmt.

Sein markantes Gesicht war braun gebrannt, aber es wirkte wie von grauem Staub überzogen. Sein makelloses Gebiss wurde von einem stachligen Wochenbart eingerahmt. Das Rasieren war inzwischen mühsam geworden, sodass er nur sonntags zu Messer und Seife griff. Und dies auch nur, wenn er anschließend zur Messe hinunter ins Dorf ging. Das Haar war immer noch dicht und füllig, aber es war meistens von einem grauen, speckigen Filzhut behütet.

Sein Leib war das kantige Relief seiner Lebensgeschichte, sein Gesicht ein trauriges Bilderbuch, in dem keiner lesen wollte.

Er war alleinstehend. Ja, noch stehend, aber unendlich allein. Er konnte nicht mit den jungen, wilden Bauernburschen mithalten, diesen rausgeputzten Muskelprotzen, diesen Kleiderschränken mit großer Klappe und kleinem Gewissen. Die quälende Einsamkeit hatte ihn so verletzt und entwurzelt, dass er irgendwann den Wunsch nach einem baldigen Ende in sich trug. Ach, würde sich doch der Hang über der Almhütte lösen und ihn, wie sein Elternhaus damals, für immer verschütten! Er lebte am Abgrund – stets in der Hoffnung, dass dieser sich erlösend auftun würde.

Immer öfter stieg der Gedanke in ihm auf, nicht auf den Tod zu warten, bis er von alleine kommt. Das Ende seines Lebens beschäftigte ihn unablässig: Wie würde es wohl werden? Wer würde ihn vermissen? Würde er hier oben verenden? Oder würde er im Winter unten im Dorf in seiner Kammer oder im Spital in Bruneck ordentlich sterben, unter ärztlicher Aufsicht in weißen Kissen und behördlich registriert?

Ein Tod hier oben hätte den Vorteil, dass die Leute im Dorf ihn gar nicht so schnell mitbekommen würden. Vielleicht eine Woche später, vielleicht zwei Wochen. Das Gebrüll der Milchkühe würde hier oben keiner hören, es sei denn der eher seltene Südwind würde die Klage der Tiere bis zur Englalm am Ende des Hochtals tragen. Er hatte keine Geschwister, nur noch einige weitläufige Verwandte in Sand in Taufers. Sein großer Wunsch war der selbstbestimmte Tod.

Eines Tages saß er wie sonst auch auf der Bank vor der Almhütte. Viel Zeit zum Ruhen fand er allerdings nicht, denn es gab immer etwas zu tun: morgens und abends melken. Die Milch musste sofort weiterverarbeitet werden. Da die Zentrifugen in den Ställen noch nicht Einzug gehalten hatten, wurde die schäumende warme Milch in mehrere flache Schüsseln geschüttet. So setzte sich der Rahm ab, der mit dem hölzernen Rahmmesser, dem Rahmspun, abgestrichen wurde. Dann wurde aus dem Rahm Butter und aus der Milch Käse gemacht. Dazu musste die Milch erhitzt werden. Und dafür war viel trockenes Brennholz nötig, das gesägt und gespalten werden musste.

Außerdem war der Hirte für das Flicken der Zäune zuständig und musste die Wasserläufe zur Tränke sauber halten. Zum Mähen des Grases kam der Bauer mit dem Traktor herauf und brachte den motorgetriebenen Mähbalken auf einem Anhänger mit. Aber es blieben immer noch genügend steile Stellen, die nur mit der Sense gemäht werden konnten. Je nach Wetterlage gab es bis zu drei Grünfutterschnitte.

Das Heu musste mehrmals gewendet werden, dazu kamen auch die Frauen vom Raffalthof mit hinauf zur Alm. Sie rechten das trockene Heu talwärts, von wo aus es dann in großen Leinentüchern geborgen und von den Männern auf den Schultern hinüber zum Stadl geschleppt wurde.

In der sengenden Mittagshitze legten die jüngeren Frauen Jacken und Blusen ab, sodass die Sonne ihre nackten Schultern krebsrot verbrannte. Abends jammerten sie, wenn sich die Haut zu schälen begann. Wie jedes Jahr versprachen sie sich gegenseitig, nächstes Mal besser Vorsorge zu treffen, und ließen sich von den Hüteburschen mit allerlei selbst gemachten Ölen und Salben die Brandstellen pflegen. Die alten Frauen wussten schon, warum sie sich mit einem Kopftuch schützten und Arme und Schultern grundsätzlich bedeckt hielten.

Und immer wieder kam es vor, dass sich die Kühe verletzten. Dann war Anton sofort zur Stelle, um die Wunden zu reinigen und zu pflegen. Das tat er mit einer solchen Hingabe, dass es ihm den Ruf eines Naturheilers einbrachte.

In jeder freien Minute las er – fast immer lag ein aufgeschlagenes Buch neben dem Essen auf dem Tisch. Anton war oft so vertieft in seine Lektüre, dass er kurz nach der Mahlzeit nicht mehr wusste, was er eigentlich gegessen hatte.

Seit seinem zehnten Lebensjahr war er jeden Frühsommer, meistens um den 15. Juni, mit der Viehherde hinauf und im Herbst wieder hinab ins Dorf gezogen. Zunächst als Hütejunge mit einem erfahrenen Hirten, später in eigener Verantwortung. In der großen Familie des Raffaltbauern Alois Schmid hatte er einen festen Platz, ein kleines bescheidenes Zimmer.

Sie nannten ihn alle nur „Toni".

London

Kurz vor Mitternacht war im 7. Police Department des Londoner Stadtteils Brixton der Hinweis auf eine Frau eingegangen, die einem Wachmann beim nächtlichen Rundgang aufgefallen war. Die Polizisten hatten sich sofort zu der Adresse begeben, die der Wachmann durchgegeben hatte.

Sie betraten einen Hinterhof in der Clark Street, unweit der U-Bahn-Haltestelle Manchester Avenue. Der quadratische Innenhof war von schäbigen Rückseiten heruntergekommener Wohnblöcke umgeben. In einem der Blöcke gab es im Untergeschoss eine kleine Halle, mit etwa 100 Stühlen und einer Bühne an der Frontseite. Die Tür stand halb offen.

Über dem Eingang des Gebäudes prangte der Schriftzug „Last Days Convention". Der Raum musste früher einmal eine Kneipe oder ein Tanzlokal gewesen sein, für eine größere Menschenansammlung war er auf jeden Fall denkbar ungeeignet. Die Decke war ziemlich niedrig, die Luft zum Schneiden: die übliche Mischung aus kaltem Rauch, Schweiß und Frittierfett von Fish & Chips. Ein

Klassiker aus dem Duftbuffet der Londoner Kneipenszene, jedenfalls in der billigen Kategorie.

Die Polizisten fanden die Frau am Rande der Bühne zusammengekauert. Ihre Augen waren glasig und schauten ins Leere. Sie trug Jeans, eine Bluse und darüber einen grünen Parka. Es sah so aus, als sei der Saal fluchtartig verlassen worden. Das Mikrofon war eingeschaltet, die Verstärker zeigten noch Lichtsignale, aber sonst war kein Mensch zu sehen.

Die blonde Frau wirkte fast apathisch, aber gleichzeitig ängstlich. Um sich zu vergewissern, dass sie keine Waffe bei sich trug, tasteten die Beamten sie kurz ab. In diesem Stadtteil waren körperliche Gewalt und Waffenmissbrauch an der Tagesordnung. Doch die Frau war unbewaffnet. Die Polizisten hatten nicht wirklich damit gerechnet, bei ihr eine Waffe zu entdecken und schienen sich selbst ein wenig übereifrig zu finden. Aber man konnte ja nie wissen.

„Are you okay, Madam?", fragte einer der Polizisten. „Do you need medical assistance?"

Sie winkte ab und stammelte nur ein „Thank you for coming!"

Daraufhin fotografierten die Polizisten den Versammlungsraum und die Stelle, wo sie die Frau gefunden hatten. Sie notierten sich die Personalangaben und halfen ihr auf die Beine. „Mrs Stocker, right?"

Sie nickte und verließ, von den beiden Beamten gestützt, den rätselhaften Ort.

Im Innenhof blieb einer der Beamten stehen, drehte sich um und ging im Licht der Taschenlampe zurück in die Halle. Die verschiedenen Kontrollleuchten am Mischpult waren ihm aufgefallen, sodass er die Anlage noch einmal inspizieren wollte. Er fand einen ins Pult eingeschobenen Rekorder, in dem noch eine Kassette steckte. Er nahm sie an sich. Später wollte er feststellen, ob die letzte Veranstaltung mitgeschnitten worden war.

Im Polizeirevier angekommen, wurde die Frau freundlich nach ihrem Getränkewunsch gefragt. Sie entschied sich für Tee. Kamille. Ihre Bluse war verschwitzt und wohl in der Eile falsch geknöpft worden. Ihre Jeans wies Schmutzspuren auf und roch nach einem Reinigungsmittel, als hätte man sie über den schmutzigen Boden des Lokals gezogen.

Die beiden Beamten bereiteten das Protokoll vor, während die junge Frau am Tee nippte. Erst jetzt fiel ihnen auf, dass sie eigentlich sehr schön war. Die Grübchen in den Wangen fanden offenbar kaum noch Anlass, das Gesicht zu verzieren; stattdessen hatten sich in ihren Mundwinkeln kleine Sorgenfältchen eingegraben.

„Was ist mit Ihnen passiert, Mrs Stocker, woran können Sie sich erinnern?", fragte einer der Beamten und schaltete ein Diktiergerät ein.

Sie richtete sich im Stuhl auf, fuhr mit den Händen durch die Haare und begann zögernd zu berichten.

„Ich war gestern Abend in der L. D. C., also im Mittwochsmeeting der Last Days Convention. Ich gehöre seit einigen Jahren zu dieser Gruppe. Richard Mac Cormick leitet den Verein. Sonntag und Mittwochabend treffen wir uns in der Halle."

„Was ist das für ein Verein?", unterbrach sie der Polizist.

„Eine alternative Jugendkirche, also nicht Kirche im engeren Sinne, sondern eine Alternative zur High Church. Die Gruppe ist modern und weltoffen, vor allen Dingen für die Menschen, die am Rand der Gesellschaft stehen. L. D. C. legt keinen Wert auf ‚bells and smells' wie die Katholiken, die Anglikaner oder Presbyterianer. Bei uns kann jeder mitmachen, ob getauft oder nicht."

Ihre Rede wirkte distanziert, wie einstudiert und abgespult, als hätte sie diesen Passus schon öfters zu Protokoll gegeben.

„Verstehe", sagte der Beamte, obwohl sein Gesicht genau das Gegenteil ausdrückte. Er schien gar nichts begriffen zu haben.

Der zweite Polizist wollte zurück zur Sache kommen: „Warum kauerten Sie vor einer Stunde am Rand der Bühne, obwohl der gesamte Saal leer war?"

„Ich muss wohl von der Bühne gefallen sein."

„Waren Sie am Programm beteiligt?"

„Ja, ich habe die Ansprache für die deutschsprachigen Gäste übersetzt. Das kommt hin und wieder mal vor."

„Und keiner hat bemerkt, dass es Ihnen nicht gut ging?"

„Nein, scheinbar nicht", kam es gequält über ihre Lippen. „Ich habe in letzter Zeit so viel gearbeitet, dass mir gelegentlich vor lauter Erschöpfung übel wird. Ich muss wohl kurz bewusstlos gewesen sein."

Die Beamten schauten sie misstrauisch an. „Nehmen Sie Drogen?"

„Nein, ich nehme keine Drogen."

„Das werden wir überprüfen", bemerkte einer der Polizisten und tat dabei so überlegen wie möglich, obwohl er spürte, dass die Frau clean war – so clean, wie sie unbewaffnet war.

„Wer sind Sie? Welche Position haben Sie in der Gruppe?"

„Ich gehörte zum inneren Zirkel, habe Mac Cormick hin und wieder übersetzt, aber ich bin schon eine Weile auf dem Rückzug. Der Gründer und Leiter von L. D. C. hat sich seine Macht derart gesichert, dass er uns wie Sklaven behandeln kann. Er schottet uns immer mehr von der Außenwelt ab und hat in den Bergen Schottlands eine sogenannte ‚Shelter' gegründet, in die wir uns als Kommune zurückziehen sollen, wenn der Countdown für das Ende beginnt. Der Mann hat Freiheit versprochen, aber nur er selbst ist frei, wir anderen haben unsere Freiheit verloren. Die L. D. C. ist innen straff organisiert, man fühlt sich bespitzelt. Nur nach außen wirkt der Verein tolerant und zugänglich. Aber warum erzähle ich das alles? Ich bin ein Risiko für die L. D. C., ich weiß zu viel. Mac Cormick wird alles daransetzen, mich unter Kontrolle zu behalten."

Sie schien zu ahnen, dass jedes weitere Wort mehr Verwirrung stiften würde. „Und außerdem bin ich müde. Brauchen Sie mich noch? Ich möchte jetzt gerne nach Hause gehen."

Doch die Polizisten bestanden darauf, dass die junge Frau vorher noch ärztlich untersucht werden müsse. Zu diesem Zweck telefonierten sie und zehn Minuten später stand eine ihrer Kolleginnen im Raum. Sie war in Zivil.

Gleichzeitig kam ein Techniker herein, der die Tonkassette untersucht hatte. Es war tatsächlich eine Ansprache mitgeschnitten worden, die sich komplett und gut verständlich abspielen ließ. Einer der Beamten nahm das Band an sich. „Vielleicht müssen wir später noch einmal darauf zurückgreifen. Von uns aus ist der Fall nun aber zumindest vorläufig erledigt."

Damit verabschiedeten sich die Beamten und übergaben Frau Stocker ihrer Kollegin.

Eine Viertelstunde später befanden sich die beiden Frauen in der Notaufnahme einer Klinik unweit des Polizeireviers. Es war viel Betrieb, aber nach kurzer Zeit betraten sie das Sprechzimmer einer Ärztin, die für die Ambulanz zuständig war. Frau Stocker wurde gründlich untersucht und nach dreißig Minuten verlas die Ärztin in Gegenwart der Polizeibeamtin das Ergebnis:

„Frau Evamaria Stocker, geboren am 3. Juli 1940 in Schladming in Österreich, aufgewachsen in Bruneck in Norditalien …"

Die Frau unterbrach den förmlichen Redefluss der Ärztin: „In Südtirol, bitte schön, nicht in Norditalien!"

„Also nicht Italien?"

„Doch, Italien, aber wir sind eine autonome Provinz. Im Norden liegt Tirol, das gehört zu Österreich, im Süden liegt Südtirol. Wir sprechen Deutsch."

Die Ärztin lächelte, sagte mit einer Spur Ironie im Tonfall: „Danke für die Nachhilfestunde in Geografie!", und fuhr wieder ganz förmlich fort: „Seit Sommer 1960 in London lebend, Studentin der Medizin, wurde am heutigen Datum in dem Versammlungslokal der Sekte ‚Last Days Convention' in der Clark Street in London-Brixton von Beamten der siebten Polizeistation gegen Mitternacht aufgefunden."

Sie zögerte. „Das ist doch eine Sekte, oder? Ich meine, das hat jetzt nicht direkt mit meiner medizinischen Zuständigkeit zu tun, aber Sie machen mich neugierig."

„Vor ein paar Monaten hätte ich diese Bezeichnung abgelehnt, aber schreiben Sie ruhig ‚Sekte'. Die L. D. C. stiftet erst Angst und bietet dann Hilfen zur Überwindung der Angst. Das ist das Merkmal einer Sekte. Ich habe Jahre gebraucht, um das zu durchschauen."

„Interessant", meinte die Ärztin, die es offenbar weniger interessant als ziemlich verrückt fand. „Sie stiften Angst und treiben sie wieder aus." Sie schien von ihrer Auffassungsgabe selbst beeindruckt. „Das klingt nach einem profitablen Geschäftsmodell. Crazy!" Sie hielt einen Moment inne, um dann wieder zurück ins Protokoll zu finden.

„Also weiter im Text: Bei der klinischen Untersuchung war die Patientin ansprechbar, subjektiv bezeichnete sie ihren Zustand als wie nach einer Trance-Erfahrung. Bei der neurologischen Untersuchung war der Reflexstatus regelrecht, Pupillen normal weit und gerundet, auf Licht reagibel. Es fanden sich keine neurologischen Defizite, auch kein Hinweis auf einen abgelaufenen Krampfanfall. Kein Zungenbiss, kein Einnässen, auch kein Hinweis auf eine äußere Gewalteinwirkung.

Glasgow Scale 15 Punkte. Vitalparameter ansonsten regelrecht mit grenzwertig niedrigem Blutdruck von 95/60 mm Hg, Puls normofrequent, rhythmisch, Sauerstoffsättigung 97 %. Differenzialdiagnostisch kommen ein Zustand nach Drogen-Abusus oder auch eine hypotensive Kreislauf-Dysregulation infrage. Die Laboruntersuchungen des Drogen-Screenings stehen aus. Aktuell besteht keine Indikation zu einer stationären Behandlung." Datum, Uhrzeit, Unterschrift der Ärztin. Unterschrift der Patientin. Unterschrift der Polizeibeamtin.

„Sollen wir Ihnen ein Taxi bestellen?", fragte die Polizistin.

Frau Stocker bedankte sich freundlich, lehnte aber ab und ging zur nächsten U-Bahnstation. Die „Tube" war wie immer um diese Zeit überfüllt. Darum war die junge Frau froh, einen der Haltegurte an der Stange erwischt zu haben.

Als sie in der Station Liverpool Square ausgestiegen war und sich die lange Treppe hochgequält hatte, umfing sie ein kalter Nieselregen, der den Schmutz aus dem Nebel wusch und auf die nach Hause eilenden Passanten niedergehen ließ. Es dauerte nicht lange, bis die junge Frau den dunklen Eingang eines ungepflegten Hauses erreicht hatte. Im fünften Stock angekommen, schloss sie ihre Wohnungstür auf und ließ sie laut hinter sich zufallen, als wollte sie das zurückliegende dunkle Kapitel ihres Lebens demonstrativ abschließen.

Die Wohnung war nicht teuer, aber geschmackvoll eingerichtet. Der Schreibtisch, überladen mit aufgeschlagenen medizinischen Fachbüchern, war der augenfällige Mittelpunkt der Wohnung. Über einem reichlich mit Papierstapeln belegten Sofa hing eine weiß-rote Flagge mit Adlermotiv.

Bereits im Flur ließ sie den vom Nieselregen feucht gewordenen Parka von ihren Schultern rutschen. Dann fiel alles an ihr herunter: die zerknitterte Bluse, die Jeans, an der noch der Dreck aus der Halle klebte. Mit letzter Kraft zog sie sich das verschwitzte T-Shirt über den Kopf und starrte in den Spiegel. Ihr Gesicht wirkte wie etwas Fremdes über dem sonst makellosen Körper. *Ist das die Evi aus Südtirol?*, fragte sie sich, als müsste sie sich über ihre eigene Identität Klarheit verschaffen.

Während der warme Wasserstrahl über ihren kalten Körper floss, wünschte sie sich sehnlichst, auch von innen gereinigt zu werden, damit all das Dunkle aus ihrer Seele gewaschen würde. Sie drehte die Dusche bis zum Anschlag auf – so heiß wie möglich, als könne das Wasser auf diese Weise bis unter die Haut dringen.

Am nächsten Morgen kam eine zivile Polizistin vorbei und erklärte, sie brauche noch einen ausführlichen Bericht darüber, wie Frau Stocker in Kontakt mit dieser Sekte gekommen sei. Ob sie, bitte, noch etwas näher beschreiben könne, worum es bei dieser „Last Days Convention" gehe?

Seufzend bat Evi Stocker die Beamtin, Platz zu nehmen und begann dann erneut zu erzählen: „Ich stamme aus Südtirol, der autonomen Provinz Alto Adige in Italien, und bin mit zwanzig Jahren nach London gekommen, um hier als Au-Pair zu arbeiten und mich auf ein Studium in Oxford vorzubereiten. Nach einem halben Jahr wurde ich von einer Freundin zu einer Veranstaltung eingeladen.

Es fing alles ganz harmlos an. Da waren an die hundert überwiegend junge Leute, die begeistert Musik gemacht und einen alternativen Lebensstil propagiert haben. Und dies kombiniert mit einer begeisterten Jesus-Verehrung, die ich selbst aus meiner Jugendzeit mitgebracht hatte. Das hat mich sehr angesprochen und so bin ich Mitglied dieser Gruppe geworden.

In den ersten Jahren war die Bibel das geistige Fundament des

Vereins. Aus diesem Grund bin ich damals überzeugt in dieses System eingestiegen. Aus dem Glauben an den Erlöser heraus Menschen am Rand der Gesellschaft dienen und die Mächtigen und Reichen zur Rechenschaft ziehen – das war genau das, was ich immer gesucht hatte: einen Glauben, der nicht auf das Jenseits vertröstet, sondern den Menschen hier schon ein wenig Himmel auf Erden verschafft.

Aber irgendwann veränderten sich ganz allmählich die Ziele und die Grundlagen des Klubs. Erst wurden Endzeitängste geweckt, dann wurde kostenpflichtige Beratung und Hilfe angeboten, und am Ende waren die Leute genauso schlau wie vorher, nur um einige Tausend Pfund ärmer. Heute hat das alles mit dem Christentum nicht mehr viel zu tun. Man könnte sagen, Mac Cormick und seine Getreuen haben einen Endzeit-Komplex.“

„Einen Endzeitkomplex, soso. Haben nicht alle Religionen einen Endzeitkomplex?“, hakte die Polizistin nach. „Warum sollten die Menschen überhaupt an Gott glauben, wenn alles so weiterläuft?“

„Ja. Stimmt!“ Evi machte eine Pause und nippte am Tee. „Ach, wozu erzähle ich das alles?“, sagte sie wie zu sich selbst. „Vielleicht ist es besser, wenn Sie mich jetzt allein lassen. Ich bin einfach nur müde.“

Die Polizistin hatte ohnehin keine Fragen mehr, darum stand sie auf, verabschiedete sich ohne das obligatorische „See you!“ und verschwand so schnell, als müsste sie zum nächsten Tatort.

Am Morgen des folgenden Tages wurde Evi schon um sieben durch ein ungeduldiges Schellen an der Wohnungstür geweckt. Im Spion der Tür erkannte sie einen Polizeibeamten und öffnete ihm. Der Mann hatte ein kleines Kassettenabspielgerät dabei.

Sich für die frühe Störung entschuldigend, fragte der Beamte, ob er hereinkommen dürfe.

Sie nahmen am Küchentisch Platz, Evi hatte sich in der Eile einen Bademantel übergeworfen und ihn mit einem Gürtel zusammengerafft.

Der Beamte drückte die Taste des Abspielgerätes und schaute Evi wenig später fragend an.

„Das reicht", sagte sie. „Das ist Mac Cormick. Er hatte vorgestern Abend einen seiner ganz großen Auftritte! Und bevor Sie weiterfragen, möchte ich noch etwas zu Protokoll geben."

„Bitte!" Der etwas beleibte Polizist zog ein Diktiergerät aus der Tasche und schaltete es ein. Als das rote Lämpchen aufleuchtete, begann Evi stockend zu berichten:

„Mac Cormick hat vorgestern Abend einen feurigen Vortrag gehalten. Er war drei Monate auf Weltreise und vorgestern Abend zum ersten Mal wieder in London. Er hat begeistert von seinen angeblich riesigen Kundgebungen gesprochen. Tausende hätten ihn gehört. Seine Botschaft vom nahenden Weltuntergang habe viele Menschen erschüttert und gleichzeitig begeistert. Er hat sich in Ekstase geschrien.

Irgendwann hat er mich umarmt und mir in die Ohren geschrien, ich sei auserwählt und dazu berufen, mit ihm ganz Europa für die Last Days Convention zu gewinnen, und dann würde das Ende kommen. Anschließend hat er mir die Hände auf den Kopf gedrückt und seitdem weiß ich nichts mehr."

Der Polizist schaute ziemlich verwirrt aus seiner stramm sitzenden Uniform, bedankte sich aber und verließ Evis Wohnung mit der Bitte, sich für weitere Zeugenaussagen bereitzuhalten. Man wolle sich die L. D. C. etwas genauer ansehen.

Evi durchfuhr ein Schrecken: Die wollen Mac Cormick suchen. Und der wird denken, dass ich ihn verraten habe.

Frühes Leid

In letzter Zeit gingen Tonis Gedanken immer öfter zurück in seine Kindheit. Er war als einziges Kind von Johannes und Anna-Maria Hinteregger 1940 geboren worden. Es war eine schwere und mühsame Zeit, als sein kleines, zartes Leben im beginnenden Zweiten Weltkrieg in die raue Bergwelt geworfen wurde. Die Männer waren im Krieg, die Frauen hatten die ganze Überlebenslast allein am Hals.

Sie mussten Brennholz spalten, Unmengen von Schnee bewegen, im Sommer die Hänge mähen und kleine Ackerflächen gegen das Abrutschen sichern, um wenigstens ein paar Kartoffeln zur Ernte bringen zu können. Jedes winzige Stückchen Land musste den Steilhängen abgetrotzt werden.

Wie oft mussten sie die vom Regen heruntergeschwemmte fruchtbare Ackerkrume in Körben wieder hinaufschleppen und mühsam ausbringen! Und immer wieder waren die quälenden Aufstiege auch mit anderen schweren Lasten zu bewältigen. Denn lediglich die großen Bauern konnten sich einen Traktor leisten und für gut ausgebaute Fahrwege sorgen. Die Kleinbauern erreichten ihre Höfe nur auf Trampelpfaden.

Als damals die Wehen der Hintereggerin eingesetzt hatten, war ein Junge vom benachbarten Hof hinunter ins Dorf gerannt, um die Hebamme zu rufen. Sie war eilig heraufgekommen, gerade noch rechtzeitig. So hatte es seine Mutter ihm an den langen Winterabenden erzählt.

Kurz vor seiner Geburt, am 23. Juni 1939, war es in Berlin zu Verhandlungen zwischen Deutschland und Italien gekommen, die als das sogenannte Optionsabkommen in die Geschichte eingegangen waren. Die Südtiroler sollten bis zum 31. Dezember 1939 die Entscheidung treffen, entweder die italienische Staatsbürgerschaft beizubehalten oder die deutsche anzunehmen und ins Deutsche Reich abzuwandern.

Die deutschen Unterhändler unter der Führung von SS-Chef Himmler hatten eine Totalumsiedlung befürwortet, während die Faschisten um Mussolini eine Teilumsiedlung anstrebten. Die deutsche Delegation hatte den Südtirolern ein geschlossenes Siedlungsgebiet versprochen: das polnische Galizien, Böhmen in der Tschechoslowakei, Burgund oder sogar die russische Halbinsel Krim.

Die Leute von Terenten hatten 1939 mit gut 1000 Einwohnern ein deutliches Bekenntnis zu Deutschland abgelegt: 98 Prozent wollten die deutsche Staatsbürgerschaft. Terenten war ein Musterdorf der Sympathie für das Deutsche Reich. Es wurde regelrechte Propaganda für das Hitler-Deutschland betrieben. Die armen Leute, Knechte und Mägde ohne eigenen Grundbesitz, verließen in diesen Jahren das Dorf in der Hoffnung auf eine neue Existenz im Deutschen Reich.

In dieser politisch angespannten Lage wurde Anton Hinteregger geboren. Seine Mutter Anna-Maria stand allein mit dem kleinen

Bündel Mensch vorne am Taufbecken, als das vorgewärmte Wasser in der immer kalten Kirche das Köpfchen des schwächlichen Knaben benetzte. Es hatten sich keine Taufpaten gefunden.

„Im Namen des Vaters, des Sohnes und des Heiligen Geistes, Amen." Die Worte des Pfarrers verschwanden im Hall des Gewölbes. Sie klangen vertraut und doch so fern, so nichtssagend.

„Im Namen des Vaters!" Anna-Maria musste unweigerlich an ihren eigenen Vater denken, der ihr mit harter Hand und aufbrausendem Jähzorn das Bild von einem guten Vater im Himmel für immer beschädigt hatte. Sie konnte sich Gott nicht als Vater vorstellen.

Vielmehr war es ihre Oma gewesen, die ihr in ihrer Liebe und Geduld das Bild eines Gottes vor Augen gemalt hatte, der sich seiner Kinder erbarmt. Wenn der Gott der Bibel ein Mann sein sollte, dann wollte Anna-Maria Hinteregger nichts mit ihm zu tun haben. Maria hingegen, das war das mütterliche Antlitz Gottes. Und ganz leise versprach sie der Mutter Gottes, ihren Knaben im christlichen Glauben zu erziehen.

Nach der Tauffeier ging die kleine Feiergemeinde hinüber zum Hasenwirt, wo es Kaffee und Kuchen gab. Der Wirt wusste, dass die Mutter des Täuflings bettelarm war. Darum hatte er nur trockenen Streuselkuchen auftischen lassen. Die Männer hatten eigentlich auf würzige Speckbrote gehofft, aber sie ließen sich nichts anmerken. Nach ein paar Zigarren und Schnäpsen und den üblichen Sprüchen übers Wetter, die Ferkelpreise und „die da unten in Rom" machte sich die Verwandtschaft von Sand in Taufers bald wieder auf den Heimweg.

Der kleine Anton wurde zärtlich versorgt und behütet von seiner Mutter, die jeden Abend allein im Bett einschlafen musste, weil der Mann im Krieg war. Also hatte sie ihren Buben meistens nachts bei sich im Bett. Was konnte sie ihm mehr geben als Geborgenheit und Wärme?

Als Anton drei Jahre alt war, wurde Mussolini gestürzt. Italien unterzeichnete am 3. September 1943 einen Waffenstillstand mit den Alliierten. Daraufhin besetzten die deutschen Truppen den Brennerpass, einen der niedrigsten Scheitelpunkte des Alpenhauptkamms, entwaffneten die italienischen Streitkräfte und annektierten das italienische Staatsgebiet bis unterhalb von Neapel.

In den Bauernstuben und Wirtshäusern wurde heftig diskutiert, aber im Grunde genommen hatten alle großdeutsche Reichsfantasien im Kopf. Doch Südtirol wurde nicht, wie von vielen erhofft, an das Deutsche Reich angeschlossen, sondern mit den Provinzen Trient und Belluno zur sogenannten Operationszone Alpenvorland erklärt. Es wurden vermehrt deutschsprachige Verwalter eingesetzt, sodass es zu einer zweisprachigen Doppelverwaltung kam.

Die Südtiroler begrüßten den Einmarsch der deutschen Truppen, weil man sich davon das Ende des Faschismus erhoffte. Nur wenige durchschauten damals, dass die faschistische Diktatur lediglich von der nationalsozialistischen abgelöst worden war. Das treuherzige und politisch unmündige Bergvolk war verschaukelt worden, ohne es gemerkt zu haben.

Anton Hinteregger beschäftigte sich später oft mit dem Gedanken, was gewesen wäre, wenn man sich damals gegen das Deutsche Reich entschieden hätte. Er war ein Kind der politischen Optionsphase: Die einfachen Bauern und Handwerker auf dem Sonnenplateau hoch über dem Pustertal hatten die Wahl gehabt und hatten tatsächlich über ihre eigene politische Zukunft befinden können. In manch trüben Stunden wünschte sich auch Anton so eine Option für sein Leben: die Möglichkeit, frei über seine Zukunft entscheiden zu können.

Keine Option hatten indessen die gehabt, die aus seinem Heimatdorf in den Kriegseinsatz nach Frankreich, Norwegen, Dänemark, Jugoslawien oder Bulgarien gezogen waren. Die meisten von ihnen waren im Russlandfeldzug in Stalingrad ums Leben gekommen. Doch sein Vater hatte diese schreckliche Winterschlacht 1942/1943 überlebt. Seine Mutter hatte ihm oft erzählt, wie sie damals um das Leben ihres Mannes gebangt hatte. Wer sollte sie und den kleinen Anton versorgen?

Wie groß musste die Freude gewesen sein, als Anna-Maria Hinteregger ihren Mann im Januar 1945 aus der Gefangenschaft zurück – zwar furchtbar zugerichtet und entkräftet – in die Arme schließen konnte.

Aber das Glück der Eltern war nur von kurzer Dauer gewesen. Denn wenige Wochen später wurde Terenten noch in den letzten Kriegstagen Ziel zweier Bombenangriffe der Alliierten. Am 28. Februar 1945 explodierten im Winnebachtal zwei Bomben und zerstörten eine Mühle, in der Antons Vater gerade dabei war, die kärgliche Getreideernte vom Vorjahr zu mahlen. Die Explosion traf ihn mit solcher Wucht, dass man Mühe hatte, den zerfetzten Leib überhaupt in den Sarg zu bringen.

Letzteres hatte seine Mutter ihm nie erzählt, er hatte es erst später von einem Nachbarn erfahren, der als Gehilfe vom Schreiner aus dem kleinen Nachbarort Margen für die Einsargung der zerschmetterten Leibesreste zuständig gewesen war.

So blieb Anton allein mit der Mutter auf dem kleinen Gehöft am Steilhang. Doch Anna-Maria Hinteregger musste bald erkennen, dass sie den kleinen Milchviehbetrieb allein nicht bewirtschaften konnte und suchte sich eine Stelle in der Hauswirtschaft in Bruneck. Es war ihr unglaublich schwer ums Herz, als sie ihren geliebten Toni schon mit fünf Jahren in die Obhut von entfernten Verwandten geben musste. Aber sie war einfach nicht imstande, ihren Sohn selbst großzuziehen; sie konnte den Verwandten lediglich zum finanziellen Ausgleich ihre vier Milchkühe überlassen.

Beim Abschied schrie der Junge so sehr, dass sie noch Monate später nachts im Traum vom Wehklagen ihres geliebten Sohnes verfolgt wurde.

Zwei Jahre später wurde Toni schwer krank. Er klagte über Bauchschmerzen, erbrach sich ständig und glühte in hohem Fieber. Er war immer müde, aber trotzdem immer wach. Die Kräuterfrau im Dorf wusste keinen Rat mehr und seinen Pflegeeltern wurde er zunehmend lästig. Sie hatten ohnehin mit sich selbst genug zu tun.

Als der Junge vor Schmerzen gekrümmt völlig apathisch auf seinem Strohsack lag – seine Mutter war nicht zu erreichen –, packte ihn sein Pflegevater auf die Kutsche, wickelte ihn in Decken, legte ein paar warme Ziegelsteine aus dem Kachelofen dazu und brachte ihn ins Spital nach Bruneck.

Eine Blinddarmentzündung war zu spät erkannt worden und nun wurde Toni im letzten Augenblick operiert. Die Ärzte retteten dem Jungen zwar das Leben, aber sein ganzer Bauchraum war so vereitert und entzündet, dass er über ein Jahr lang im Spital gepflegt werden musste, bis er einigermaßen wiederhergestellt war.

Eines Sonntags wunderten sich die Krankenschwestern, dass Antons Mutter nicht zu Besuch kam, wie sie das in den vergangenen Wochen immer getan hatte. Um ins Spital zu gelangen, musste man zu Fuß hinunter nach Vintl und dann weiter mit der Bahn nach Bruneck. Doch Anna-Maria Hinteregger war einfach nicht erschienen.

Natürlich war dies dem kleinen Jungen nicht entgangen, aber er traute sich nicht, nach ihr zu fragen, weil in seinen Träumen schon eine dunkle Ahnung über ihn hereingebrochen war.

Unten in den Tälern entwickelte sich eine wirtschaftliche Aufbruchsstimmung, die langsam auch die Berge hochkroch. Ein deutliches Zeichen dafür war der Bau einer elektrischen Stromleitung im Jahre 1947. 1948 wurde eine erste Telefonleitung nach Terenten verlegt. Beim Hasenwirt an der Kirche gab es das erste Fernsprechgerät.

In diesen Jahren bedrohten immer wieder schwere Unwetterkatastrophen die Bergdörfer. Stabil geglaubte Abhänge kamen nach anhaltenden Regenperioden ins Rutschen und rissen alles mit sich, was im Wege stand.

An einem Sonntag im Sommer 1948 war eine schwere Gerölllawine oberhalb des kleinen Berghofes der Anna-Maria Hinteregger niedergegangen und hatte das Gehöft binnen weniger Minuten ins Tal gerissen. Kein Stein war auf dem anderen geblieben. An einer Stelle ragte noch viele Jahre ein Stück Dachsparren aus der Schutthalde heraus, wie ein mahnender Zeigefinger, dass die Menschen ihr Ende bedenken sollten.

Unter den Trümmern lag Antons Mutter begraben. Sie musste gerade dabei gewesen sein, sich für den Besuch im Spital in Bruneck vorzubereiten. Der nächste Nachbar gab bei der Gendarmerie zu Protokoll, dass Anna-Maria immer kurz vor dem Mittagsläuten hinunter ins Dorf aufgebrochen war. An diesem Tag war sie kurz vorher von der tödlichen Lawine verschüttet worden.

Von da an galt sie als vermisst. Keiner hatte genug Geld und Interesse, um die Geröllhalden nach ihren sterblichen Überresten abzusuchen. Und es kam auch niemand auf die Idee, den einzigen Sohn der Witwe Hinteregger über ihren tragischen Tod zu informieren.

Irgendwann rief die Stationsschwester vom Spital in Bruneck beim Hasenwirt in Terenten an und bat, den Pfarrer ans Telefon zu rufen. Das Pfarrwidum lag direkt gegenüber vom Hasenwirt. Doch

Pfarrer Franz Karl Gruber war gerade zu einem Pastoralseminar in Kloster Neustift in Brixen und die Haushälterin konnte keine Auskunft geben.

So versuchte die Krankenschwester es abends noch einmal. „Grüß Gott, Herr Pfarrer. Entschuldigen Sie die späte Störung. Ich rufe an wegen dem kleinen Anton Hinteregger, der bei uns auf der Station liegt. Wissen Sie, was mit seiner Mutter, der Hintereggerin, los ist? Wir wundern uns seit zwei Wochen, warum sie nicht mehr nach ihrem Bub schaut. Wissen Sie, ob da vielleicht etwas passiert ist?"

Es dauerte einen Augenblick, bis Franz Karl Gruber sich verlegen räusperte, um dann mit leiser Stimme Auskunft zu geben: „Ja, liebe Schwester, Sie haben recht. Wir hätten Sie benachrichtigen müssen. Die Anna-Maria Hinteregger ist vor zwei Wochen bei einem furchtbaren Erdrutsch ums Leben gekommen. Sie liegt unter den Trümmern ihres Hauses begraben."

Die Stationsschwester, mit viel Leid vertraut, brach in Schluchzen aus, denn sie hatte den Toni so lieb gewonnen, als wäre er ihr eigenes Kind. Sie konnte ihm unmöglich vom schrecklichen Tod seiner Mutter erzählen. „Herr Pfarrer, der Bub ist mir so ans Herz gewachsen, ich bringe es nicht fertig, ihm die Wahrheit zu sagen."

So rief Pfarrer Gruber seinen Kollegen in Bruneck an, der auch mit der Hospitalseelsorge betraut war, und bat ihn, sich um den Anton zu kümmern und ihm die schreckliche Nachricht zu überbringen. Dieser machte sich daraufhin auch gleich auf den Weg ins Spital und fragte sich bis zum Zimmer des Anton Hinteregger durch.

Der Junge saß aufrecht in seinem Bett und schien zu ahnen, warum der Pfarrer persönlich zu ihm gekommen war. Er reagierte zunächst gar nicht, sein Gesicht war starr und sein Blick verlor sich an der weißen Wand.

Der Pfarrer saß eine Weile schweigend bei ihm, bis er zögernd das Unfassbare aussprach: „Anton, deine Mutter ist bei einem Erdrutsch ums Leben gekommen. Sie liegt unter den Trümmern deines Elternhauses begraben.“

Als Toni keinerlei Regung zeigte, fuhr er fort und betete Psalm 23: „Der Herr ist mein Hirte, mir wird nichts mangeln ...“

Wie abwesend betete Toni die Verse mit, denn dieses Gebet hatte er von seiner Mutter gelernt. Es sollte ihn begleiten bis zu der Zeit, in der er vor Verzweiflung nicht mehr weiterkommen würde. Auch dann sollte dieses Gebet ihm noch Trost und Halt vermitteln.

Als sie zu der Stelle kamen, wo es heißt: „Und ob ich schon wanderte im finsteren Tale, fürchte ich kein Unglück, denn du bist bei mir“, überwältigten ihn die Tränen, sodass er sich verschämt abwandte.

Der Pfarrer legte ihm die Hände auf, segnete ihn und saß noch eine Weile schweigend an seinem Bett. Es war inzwischen dunkel geworden. „Ich zünde dir jetzt eine Kerze an, Anton, und mache mich dann auf den Heimweg. Aber morgen komme ich noch einmal vorbei und sehe nach dir.“ Er zog die Tür leise hinter sich zu und meldete sich im Schwesternzimmer ab.

Kurze Zeit später kam die Stationsschwester ins Zimmer und nahm den Toni, wie sie ihn zärtlich nannte, einfach nur mütterlich in den Arm und tröstete ihn.

Erst dann entluden sich seine Gefühle in einem markerschütternden Wehklagen, das auf der ganzen Station zu hören war. Die Schwestern meinten, so etwas noch nie erlebt zu haben. Später gab ein Arzt dem Kind eine Beruhigungsspritze.

Von diesem Augenblick an war der kleine Anton seelisch so tief verletzt, dass er – obwohl inzwischen körperlich genesen – verhaltensauffällig wurde. Es verging keine Nacht, in der er nicht ins Bett machte. Außerdem fantasierte er nachts oft sehr laut und schlug dabei um sich, sodass man ihn schließlich in ein Einzelzimmer verlegen musste.

Irgendwann wurde Pfarrer Gruber gesagt, er solle sich des Jungen annehmen. Er hatte ihn mittlerweile schulisch getestet und war zu dem Entschluss gekommen, ihn in ein Heim für geistig Behinderte in Bozen zu schicken.

Auf dem Raffalthof

Der Raffaltbauer Isidor Schmid hatte von Tonis tragischem Schicksal gehört. Er hatte die Eltern des Jungen gut gekannt und fühlte sich verpflichtet, sich persönlich einzuschalten. Der Raffalthof lag gleich am Ortseingang von Terenten, wenn man von Vintl heraufkam. Und hinter dem Raffalthof bog links der Weg nach Pein und Margen ab.

Eines Tages ließ Isidor die Pferde anspannen und machte sich mit seiner Frau Walburga auf den Weg zum Spital nach Bruneck. Als sie mit der Kutsche am Portal vorfuhren, stand Toni am Fenster seiner kleinen Krankenstube und beobachtete, wie der Bauer aus der Kutsche kletterte und seiner Frau beim Aussteigen behilflich war.

Es dauerte nicht lange, bis die Stationsschwester die Gäste in Tonis Zimmer geführt hatte. Sie fanden den kleinen Anton am Tisch sitzend, vor ihm ein Bogen Papier und Malstifte. Er hatte eine Skizze von seinem elterlichen Bauernhof gezeichnet. Hastig drehte er das Blatt um, als wolle er sein Zeichentalent verbergen. Dann stand er zögerlich auf und ging den Gästen entgegen.

Der Raffaltbauer trug lodene Hosen und eine lodene „Janga", ein geblümtes Leibl, darunter ein rupfenes Hemd. Und natürlich den dunkelbraunen Hut, der bei den Männern seit dem Schulabgang nie fehlen durfte.

Seine Frau trug das „bairische" Gewand: einen dunklen, knöchellangen Rock und ein „Tschoap" – eine Art Bluse – als Oberteil, das mit allerlei Verzierung behängt war. Toni erinnerte sich, dass er sich als kleines Kind auf dem Arm seiner Mutter immer gern mit diesem Klitzerkram beschäftigt hatte.

Die Haare der Bäuerin waren zu einem Knoten gebunden und ein weißes Seidenhalstuch bedeckte den Ausschnitt. Sie trug einen Hut mit langen, breiten Bändern und goldgelben Verzierungen am unteren Hutrand. So hatte Toni seine Mutter im Kopf gespeichert und dieses Bild betrachtete er ständig in stiller Trauer und nicht enden wollendem Schmerz.

Aber diese Frau war offenbar imstande, neue Hoffnung in ihm zu wecken. Es schien sich eine neue Tür für ihn zu öffnen, eine Tür in ein unbekanntes, aber verlockendes Land. Die Bäuerin streckte ihm fröhlich die Hände entgegen und erkundigte sich nach seinem Ergehen.

„Anton, wir sind hierher gekommen, um dich zu uns auf den Raffalthof zu holen. Wir haben sieben Kinder, da kommt es auf eines mehr oder weniger auch nicht an! Mein Mann hat deinen Vater sehr gemocht, er hat uns früher oft auf dem Hof ausgeholfen. Wir sind es ihm und deiner armen Mutter schuldig."

Walburga Schmid führte das Wort, ihr Mann hielt sich im Hintergrund.

Toni sagte nur das Nötigste, aber als der Bauer ihn fragte: „Willst du mit uns nach Terenten kommen?", da nickte er dankbar. Sein Köfferchen war schnell gepackt.

Freundlich zog die Bäuerin ihn an sich und flüsterte ihm ins Ohr: „Anton, du bist ein guter Junge! Wir werden dich versorgen, solange du bei uns bleiben willst."

Toni errötete und bedankte sich stotternd. Der Bauer trug sein braunes, abgewetztes Köfferchen und die Bäuerin nahm ihn an der Hand.

Als sie am Stationszimmer vorbeikamen, weinten die Schwestern und umarmten ihren kleinen Langzeitpatienten. „Behüt dich Gott, Toni. Und besuch uns mal wieder. Du wirst uns fehlen!"

Der Junge schaute betreten zu Boden und versprach, die Schwestern nicht zu vergessen. Er schenkte jeder noch ein selbst gemaltes Bild zum Abschied.

Als sie von Bruneck hinauf Richtung Terenten fuhren, nickte Toni zwischen dem Bauern und der Bäuerin ein. Erst als sie an den Ortsrand kamen, wurde er wieder wach. Sein Blick wanderte hinauf zum Steilhang, wo sein Elternhaus unter den Trümmern liegen musste.

Er schluckte die Tränen tapfer hinunter und spürte die schwere Hand des Bauern auf seiner Schulter. Der sagte nur: „Anton, dein Vater war ein Ehrenmann!"

Toni wusste nicht, was ein Ehrenmann war, aber er hatte ein gutes Gefühl dabei.

Auf dem Raffalthof wurde den drei Ankömmlingen ein schöner Empfang bereitet. Der Jungbauer kam auf Toni zu und sagte: „Ich bin der Alois und das sind meine Geschwister", und zeigte dabei auf seine vier jüngeren Schwestern und seine beiden jüngeren Brüder.

Toni reichte allen die Hand und bedankte sich artig. Die Bäuerin zeigte ihm seine Schlafstatt, wo er sein Köfferchen abstellte, um dann zum Abendessen zu gehen. Man hatte ihm über dem Kuhstall des Raffalthofes auf dem Heuboden eine kleine Kammer eingerichtet, in der er, gewärmt durch die Tiere, im Winter einigermaßen hausen konnte. Es war im Grunde genommen nur ein Bretterverschlag, aber Toni war zufrieden und glücklich, dass ihm die Verlegung nach Bozen erspart geblieben war.

So war – Gott sei Dank – der Raffaltbauer Isidor Schmid dem Abtransport des Jungen in ein Heim für geistig behinderte Knaben zuvorgekommen. Dem Pfarrer hatte er mitgeteilt, er würde die Verantwortung für den Waisenknaben übernehmen. Die Formalitäten auf dem Rathaus waren schnell erledigt, und jeder der Beteiligten war froh, dass für Anton Hinteregger jetzt gesorgt war.

Doch der Junge war so verstört und in seiner Entwicklung zurückgeblieben, dass sich keiner die Mühe machte, ihn wenigstens auf eine Sonderschule zu schicken. Er litt furchtbar unter dem Verlust seiner Eltern, stieg immer wieder hinauf zu dem Ort des Schreckens, wo immer noch eine große offene Wunde im Berg klaffte, wo nichts mehr gewachsen war und unter den Schuttresten sein Elternhaus verborgen lag. Oft saß er dort, weinte still vor sich hin und sehnte sich nach der liebevollen Hand seiner Mutter.

Da nach den sterblichen Überresten seiner Mutter nie gesucht wurde, gab es noch nicht einmal eine Grabstätte für Anna-Maria Hinteregger, sondern nur eine kleine Tafel an der Kirchhofmauer, die an ihr kurzes Leben erinnern sollte.

Toni begriff später erst so richtig, wie viel er dem Raffaltbauern Isidor Schmid zu verdanken hatte, der vorbildlich mit ihm umging und ihn in seine große Familie aufnahm. Von nun an wuchs der Junge mit den jüngeren Geschwistern des Alois Schmid auf, dem er tatkräftig zur Hand ging.

Aber er litt sehr darunter, nicht lesen und schreiben zu können. Nur das Rechnen übte er fleißig an einem kleinen Gestell, auf dem man bunte Holzkugeln auf Metallstäben hin- und herschieben konnte.

Der peinlichste Gang war für ihn der tägliche Weg in die Waschküche, wo er seine durchnässte Bettwäsche abliefern musste. Aber zu seiner großen Freude überwand er diese demütigende Einschränkung nach einiger Zeit.

Die Bäuerin, Walburga Schmid, war es, die bald merkte, dass Toni zu Unrecht ohne Schulbildung blieb. Als er neun Jahre alt war, entschloss sie sich, ihn privat in den Wintermonaten zu unterrichten, schließlich war sie ausgebildete Lehrerin. Und Toni wurde bald ein eifriger Schüler.

Morgens ab sechs Uhr war er drei Stunden im Stall, um neun kam er zum Frühstück, und danach ging er sofort an die Schularbeiten, die nachmittags von der Bäuerin sorgfältig korrigiert wurden. Um vier Uhr arbeitete er dann wieder im Stall bis etwa um sieben. Aber auch abends setzte sich Toni an seine Schreibhefte. Er wurde zu einem begeisterten Leser und verschlang die Bücher förmlich, die er sich in der Gemeindebücherei ausleihen durfte.

Leider war ihm eine kleine Sprachbehinderung zurückgeblieben, seit er damals von dem schrecklichen Bergsturz und dem daraus folgenden Tod seiner Mutter erfahren hatte. Man konnte ihn nur mit Mühe verstehen, und darum wirkte er ein bisschen blöd, obwohl er es nicht war.

Tatsächlich konnte Toni sogar den Kommunionsunterricht absolvieren, was ihn mit großer Freude und Stolz erfüllte. Der Pfarrer war einigermaßen überrascht von der beachtlichen Auffassungsgabe des jungen Burschen. Wie gut, dass seine Idee, ihn in ein Heim für geistig Behinderte zu geben, sich erübrigt hatte. Nicht auszudenken, was da aus ihm geworden wäre.

Aber Toni konnte keine eigenen Wege gehen, sich keinen Beruf aussuchen, denn er lebte von der milden Hand des Raffaltbauern. Der hatte ihm Schutz und Brot und Arbeit gegeben und den wollte er auch nicht enttäuschen. Als Isidor Schmid viel zu früh starb, trauerte Toni sehr um den Mann, der ihm so viel Gutes erwiesen hatte. Aber der Jungbauer Alois ging genauso freundlich und pfleglich mit ihm um, wie der alte Bauer es getan hatte.

Als mit vierzehn Jahren sein Körper erwachte und aus ihm ein Mann werden sollte, begann für Toni eine aufregende und zugleich schwere Zeit. Keiner hatte ihm vorher erklärt, was da in ihm passierte. Der Pfarrer hatte ihm eine kleine Broschüre mit dem Titel „Was Knaben wissen sollten" zugesteckt. Aber der Mann tat sich schwer, darüber zu reden. Toni studierte das Büchlein eifrig und war dankbar, dass er jetzt wenigstens wusste, was da in ihm und an ihm vor sich ging.

Die Mädchen im Dorf waren ihm gegenüber verschlossen. Sie hielten ihn für nicht ganz normal und ließen ihn völlig links liegen. Er war nun mal nicht der Bursche, nach dem sich die Mädchen umgedreht hätten. Und vor allen Dingen war er völlig mittellos.

Das Grundstück am verschütteten Steilhang gehörte zwar ihm, er war als der rechtmäßige Eigentümer im Grundbuch der Gemeinde dokumentiert, aber keiner wusste so richtig, wo die Grenzen verliefen, denn es gab keine Markierungssteine mehr. Er hätte dieses verwüstete Grundstück ja auch nie bewirtschaften, geschweige denn darauf wieder ein Haus aufbauen können.

So blieb er ein armer Waisenknabe, dem bestenfalls Mitleid geschenkt wurde, aber keine echte Aufmerksamkeit. Die Mädchen schauten vielmehr nach den reichen Jungbauern, nach den Handwerkern oder sie suchten gleich das Glück im Tal, in Bruneck, Brixen oder Bozen. Manche sogar zogen bis nach Meran, um dort das Hotelfach zu lernen.

Mit der Bäuerin, die ihn immer noch unterrichtete, konnte Toni die vielen Fragen, die ihn im Blick auf das eigene und das andere

Geschlecht bewegten, nicht besprechen. Und wenn es am Rande des Kommunionsunterrichtes um dieses Thema ging und die Jungs sich mit hochroten Köpfen und derben Sprüchen gegenseitig übertreffen wollten, war Toni der Erste, der still die Runde verließ. Und wieder wurde ihm mit Schmerz bewusst, wie sehr ihm seine Mutter fehlte.

Evi

Da sich der Jungbauer Alois offenbar viel Zeit nahm, um sich für eine Frau zu entscheiden, und die Bäuerin mit der großen Kinderschar allein nicht mehr zurechtkam, hatte man auf dem Raffalthof ein Hausmädchen angestellt. Sie stammte aus einer kinderreichen herrschaftlichen Familie in Bruneck und sollte das Landleben kennenlernen, bevor sie sich für ein Studium oder eine Ausbildung entscheiden würde.

Das Mädchen hieß Evamaria Stocker, stellte sich aber überall mit „Evi" vor. Sie war gerade mal achtzehn Jahre alt, so alt wie Toni. Ihr hübsches Gesicht wurde von dicken blonden Zöpfen umrahmt, und in ihren Wangen zeigten sich goldige Grübchen, sobald sie lächelte. Jedermann fand sie sympathisch, denn sie wirkte fröhlich und trotzdem ein wenig zurückhaltend.

Sie habe nur einen Makel, sagten die Leute im Dorf: Sie sei eine Evangelische – so, als wäre das eine Krankheit. Es gab in ganz Terenten so gut wie keine Evangelischen. Das waren doch Sektierer in den Augen der Dörfler. Ein Südtiroler hatte gefälligst katholisch zu sein. Nur die evangelischen Feriengäste aus Deutschland, die waren den Katholischen sehr willkommen.

Toni traute sich nicht, Evi darauf anzusprechen, zumal er sowieso kein Wort mit ihr wechselte und sie auch kein Interesse an ihm zu zeigen schien. So rang er sich eines Tages durch, die Bäuerin zu fragen, was denn ein Evangelischer sei.

Walburga Schmid war sehr belesen und wusste über vieles besser Bescheid als die Männer auf dem Hof.

Sie war ja studierte Lehrerin, aber sie hatte 1925 auf den Raffalthof eingeheiratet, und dort war in erster Linie eine tüchtige Bäuerin gefragt.

Nun erzählte sie dem Toni: „Weißt du, Toni, die Evangelischen sind zwar auch Christen, aber die haben keinen Papst, die beten zu Jesus und nicht zu seiner Mutter, und sie gehen nicht zur Beichte. Das haben sie dem Martin Luther zu verdanken, der sich gegen den Papst und die Kirche aufgelehnt hat. Das war ein mutiger Mann. Aber du weißt ja, wie unsere Männer sind: Wenn's um den Glauben geht, halten sie ihren Mund."

Die Bäuerin sprach nicht verächtlich über die Evangelischen – im Gegenteil, sie schien eine gewisse Bewunderung für die Menschen zu hegen, die den Papst hinterfragt hatten. Sie kannte ihre Bibel, und sie hatte beim heiligen Apostel Paulus gelesen, dass ein Bischof verheiratet sein soll. Das hatte ihr keine Ruhe gelassen, aber der Pfarrer wollte nicht mit ihr über dieses Thema diskutieren.

„Und die gehen wirklich nicht zur Beichte?", fragte Toni besorgt.

„Die beichten beim Herrgott selbst!", war Walburgas schlagfertige Antwort. Und sie sagte es mit einem vielsagenden Lächeln, als sei ihr das auch lieber. Dann gab sie Toni die Aufgabe, sich in der Bibliothek des Pfarrhauses mit Fachbüchern einzudecken und einen Aufsatz über Martin Luther zu verfassen.

Als er damit fertig war, wandte er sich verschämt an Evi und bat sie, den Text zu lesen und zu korrigieren.

Evi erfüllte ihm diesen Wunsch und gab ihm das fast fehlerfreie Werk mit anerkennenden Worten zurück: „Gratulation, Toni. In dir steckt ein Schriftsteller! Ich bin begeistert. Mach weiter so!"

Toni war gerührt über dieses Kompliment und wollte ihre Hand gar nicht mehr loslassen.

Der christliche Glaube war auf dem Raffalthof schon immer sehr ernst genommen worden. Am 4. April 1856 war Georg Schmid als Sohn des Raffaltbauern in Terenten zur Welt gekommen. Er studierte im Vinzentinum und Priesterseminar in Brixen und wurde 1880 zum Priester geweiht. 1892 ging er nach Rom, um weiterzustudieren und die Doktorwürde in Theologie und Kirchenrecht zu erwerben. 1914 wurde er Dekan der Pfarrei Brixen, und 1925 wurde Dr. Georg Schmid, also der Onkel des Raffaltbauern Isidor Schmid, Dompropst zu Brixen.

Mit solch einem prominenten Kirchenmann in der Ahnengalerie war es umso bemerkenswerter, dass Walburga Schmid in konfessionellen Fragen von einer so großen Freiheitsliebe beseelt war. Diese wurde auch durch die ersten evangelischen Freizeitgruppen gefördert, die im Raffalthof wohnten und mit denen sie immer das Gespräch suchte.

So führte sie den Toni in ihrem Privatunterricht in eine gewisse Weite, die man heute „ökumenisch" nennen würde. Damals war dies eine mutige Haltung, denn obwohl es die Frauen waren, die das kirchliche Leben hinter den Kulissen zusammenhielten, hatten sie öffentlich nichts zu melden.

Walburga Schmid wollte sich nie mit Dingen abfinden, die man nur aus Tradition pflegte, die aber mit den Lehren des Jesus von Nazareth nichts zu tun hatten. Und wenn ihr in der sonntäglichen

Messe etwas an der Predigt missfiel, dann nahm sie hinterher den Pfarrer beiseite und erörterte mit ihm die Differenzen.

Sie hatte Toni einmal anvertraut, dass sie am liebsten irgendwann selbst predigen würde. „Glaub mir, Toni, der Tag wird kommen, da werden die in Rom die Frauen so achten, wie Jesus das getan hat! Ich werde das nicht erleben, dass eine Frau die Nachfolgerin Petri wird, aber ich werde keine Ruhe geben, bis man wenigstens über die Heirat von Priestern sprechen kann, ohne sich dafür schämen zu müssen."

Das waren heilige Augenblicke, in denen Toni bewusst wurde, welch ein Vorrecht es für ihn war, von dieser unerschrockenen Frau gelehrt und geprägt zu werden.

Ihr Mann Isidor und ihr Sohn Alois waren treue Kirchgänger. Und wenn es etwas an der Kirche oder im Pfarrwidum zu reparieren gab, setzte sich Alois immer für schnelle Lösungen ein. Aber privat am Küchentisch waren die Männer nicht für Debatten um Rom und Papst, Maria, Jesus und die Kirche zu haben.

Evi Stocker sprach ebenfalls nie über ihren Glauben. Wenn abends am Tisch der Rosenkranz gebetet wurde, dann murmelte sie mit, um nicht aufzufallen. Aber sie war die Einzige auf dem Hof, die nicht zur Messe ging. Sie fuhr am Sonntagmorgen, nachdem sie den Küchendienst erledigt hatte, mit dem Postbus nach Bruneck zu ihren Eltern, wo ein Hausgottesdienst für Evangelische abgehalten wurde.

Ihr Vater war technischer Direktor eines großen Natursteinwerks in den Dolomiten. Er stammte aus einer alteingesessenen evangelischen Familie augsburgischen Bekenntnisses in Schladming in Österreich und nahm sich darum das Recht, als Laie in seinem Haus Gottesdienste abzuhalten, nicht nur für seine Familie und Mitarbeiter aus dem Steinbruch, sondern auch für evangelische Touristen, die in Bruneck weilten. Die katholischen Priester ließen ihn gewähren, zumal sie für die Evangelischen gar nicht zuständig waren.

Während Toni immer noch in seiner Kammer über dem Kuhstall wohnte, wenigstens in den Wintermonaten, im Sommer war er ja auf der Hochalm, durfte das junge Hausmädchen aus Bruneck eine kleine Kammer im Wohnhaus beziehen. Ein Zimmer zur Stallseite hin mit Waschbecken. Evi war still und fleißig und redete nur, wenn sie gefragt wurde. Sie verrichtete ordentlich ihre Arbeit in der Küche, beim Hausputz, bei der Wäsche und im Stall.

Wenn alle abends in der Küche am großen Familientisch saßen und Alois, der Jungbauer, das Tischgebet sprach und die Altbäuerin die Portionen verteilte, war es zunächst andächtig still. Nach und nach fingen jedoch Alois' Geschwister, die verschiedenen Ausbildungen im Ort und in den Nachbardörfern nachgingen, an zu erzählen, was sie alles erlebt hatten. Evi und Toni saßen immer schweigend dabei. Sie redeten nur, wenn sie etwas gefragt wurden. Aber die Bäuerin fragte sie immer öfter.

Nach dem Essen suchte Toni sein bescheidenes Schlafgemach auf, das mit einem Bett, Schrank, Tisch und Stuhl ausgestattet war. An der Wand hing das Hochzeitsfoto seiner Eltern, das ihm seine Mutter ins Krankenhaus gebracht hatte. Er las im dünnen Lichtstrahl seiner Taschenlampe noch ein wenig in den Büchern, die er bei der Bäuerin und in der Gemeindebücherei ausgeliehen hatte, bis das Buch auf seine Nase kippte und er einschlief.

Am liebsten las er Lebensbilder und Autobiografien. Und was er immer wieder zur Hand nahm, war Stefan Zweigs „Sternstunden der Menschheit". Diese Sammlung von vierzehn historischen Ereignissen, die die Welt verändert hatten, fesselte ihn immer wieder neu und weckte in ihm eine Sehnsucht, etwas Bleibendes zu schaffen. Auch als Hütejunge und Almhirt.

Unter ihm das Rasseln der Ketten der Kühe, das gelegentliche Scheppern einer Glocke, die Kaugeräusche der Tiere, all das wiegte ihn in den Schlaf, bis er am anderen Morgen von den gleichen Geräuschen wieder geweckt wurde. Toni stand im Winter um halb sechs auf, wusch sich draußen am offenen Wasser und war um sechs bereit, mit seiner Arbeit im Stall zu beginnen. Alois kam gewöhnlich erst um halb sieben dazu, da hatte er schon große Portionen Heu durch das sogenannte Mischaloch hinuntergeworfen und auf dem Futtertisch und vor der Raufe verteilt.

Um sechs kam Evi in die Küche, um das Frühstück vorzubereiten. Toni und Alois gesellten sich dann um sieben zu den Übrigen an den Küchentisch. Allein Evis Anwesenheit bescherte Toni jeden Morgen die schönsten Gefühle. Es knisterte förmlich in der Luft, wenn Evi sich zu ihm beugte und ihm die große Kaffeetasse füllte. Der verstohlene Blick in den einladenden Ausschnitt ihres Dirndls entflammte seine Gefühle derart, dass er sich beherrschen musste, sie nicht an sich zu ziehen und zu küssen.

Von seiner Kammer aus sah er abends das erleuchtete Fenster von Evis Zimmer. Fast jeden Abend konnte er darauf warten, bis sie die Fensterläden schloss und bald darauf auch das Licht ausging. Evi brauchte ihren Schlaf, denn tagsüber musste sie die Schulkinder betreuen und in der Küche, beim Hausputz und bei der Wäsche helfen.

Der Raffaltbauer hatte inzwischen einige Fremdenzimmer eingerichtet, mit Balkon und Nasszelle, die von deutschen Sommergästen sehr gern belegt wurden. Da wurde Evi überall gebraucht und sie war mit großer Freude bei der Sache.

Und an den langen Winterabenden wurde auf dem Raffalthof Hausmusik gemacht. Evi spielte Gitarre und Violine und ergänzte so das Schmid'sche Familienorchester, das mehr zu Blasmusik neigte, auf virtuose Weise. Toni war ein glücklicher Zuhörer – wenn Evi Violine spielte, fühlte er sich wie im siebten Himmel.

Im Wohnhaus wurde irgendwann für die Knechte und Mägde eine Dusche im Kellergeschoss eingerichtet, sodass Toni nicht mehr auf die Freiluftwäsche angewiesen war. Aber er liebte es nach wie vor, sich das eiskalte Wasser über Kopf und Schultern laufen zu lassen. Das behielt er auch bei, als ihm die Bäuerin ein schönes Zimmer im Wohnhaus eingerichtet hatte, sodass er nicht mehr über den Kühen schlafen musste.

Toni war ein stiller junger Mann – in sich gekehrt, scheu und immer noch mit dem Gefühl, durch den Tod seiner Eltern etwas verloren zu haben, was ihm niemand je zurückbringen würde.

Doch nachts in seinen Träumen stand Evi vor ihm. Er sah sich Hand in Hand mit ihr spazieren gehen, tanzen, lachen und weinen. Aber er wusste weder, ob Evi einen Freund hatte noch ob sie irgendetwas für ihn empfand. Das konnte eigentlich nicht sein. Schließlich wurde ihm immer wieder schmerzlich bewusst, dass sein Sprachfehler bei den Mädchen eine abfällige Belustigung weckte.

Evi beobachtete ihn allerdings ein Jahr lang insgeheim: Nein, er war kein Frauenheld, kein Bursche, nach dem sich die Mädchen umsahen. Aber er hatte Charakter. Er hatte irgendetwas an sich, das sie bewunderte. Deshalb hätte sie viel darum gegeben zu erfahren, wie er über sie dachte.

In dem Verlangen, mehr übereinander zu erfahren, waren sie also innerlich, ohne es zu wissen, miteinander verbunden, obwohl sie äußerlich auf Distanz blieben.

Irgendwann machte die Bäuerin eine Bemerkung, die Toni mit großer Aufmerksamkeit wahrnahm. Die Bäuerin lobte Evis und Tonis Charakter mit den Worten: „Wenn sich die jungen Leute heute ein Beispiel an Toni und Evi nehmen würden, dann wäre nicht so viel Streit, Missgunst und Neid auf den Bauernhöfen des Dorfes."

Liebe

Als Alois Schmid die fesche Marianna Unterpertinger vom Alpeggerhof heiratete, befürchtete Toni, dass er unter der neuen Chefin womöglich seine Heimat verlieren könnte.

Aber diese trübsinnigen Gedanken wurden schon auf der Hochzeitsfeier im Keim erstickt. Marianna forderte ihn nämlich zu später Stunde zum Tanz auf, ihn, dem gar nicht nach Tanzen zumute war. Sie wirbelte ihn derart über die Tenne, dass sich Toni regelrecht frei tanzte und seine Sorgen sich im Rauch der würzigen Zigarren in Nichts auflösten.

Die neue Chefin war eine attraktive Frau, mit einem fröhlichen Herzen und einem schönen Gesicht. *Da hat der Alois aber einen guten Fang gemacht*, dachte sich Toni. Marianna war erst dreiundzwanzig, aber voller Tatendrang und durchaus imstande, das Zepter im Haus zu übernehmen. Und sie genoss die Liebe und Fürsorge der Altbäuerin, die dem Alois geraten hatte, der Marianna einen Antrag zu machen.

Marianna mochte den Toni sehr. Sie wusch und bügelte seine

Wäsche, steckte ihm immer mal etwas Gutes zu und betrachtete ihn als vollwertiges Familienmitglied. Vor allen Dingen arrangierte sie es geschickt, dass Toni und Evi öfters zusammenkamen.

Es war inzwischen Mai geworden, es begann zu tauen, die Tage wurden wieder länger. Toni dachte mit Sorge an den Almauftrieb, denn das bedeutete, Evi für vier Monate nicht zu sehen. Er hegte inzwischen so tiefe Gefühle für sie, in seinem stillen Herzen hatte sich so ein heftiger Sturm der Liebe erhoben, dass er nur mit Wehmut an den Abschied denken konnte.

Er wusste ja nicht, dass es Evi genauso erging. Sie sah ebenfalls mit Traurigkeit den ersten Junitagen entgegen, wenn Toni mit der Viehherde hinauf auf die Alm ziehen würde. Was gäbe sie darum, mit ihm gehen zu können! Aber das war ja unmöglich.

Natürlich hatte die alte Bäuerin mitbekommen, dass die beiden Verliebten lichterloh brannten. So wunderte sich keiner, als sie eines Tages ganz unvermittelt vorschlug, Toni und Evi sollten doch hinauf auf die Alm gehen und nach dem Zustand der Hütte sehen. Wer konnte wissen, was die Schneemassen angerichtet hatten und ob nicht vielleicht einiges instandgesetzt werden musste. Die beiden sollten morgens früh beim Sonnenaufgang aufsteigen und abends wieder zurück sein.

Toni schlug das Herz bis zum Hals, als er dies hörte. Und Evi saß mit hochrotem Kopf am Küchentisch und wagte es nicht, ihren Blick zu heben. Die Jungbäuerin und die Altbäuerin zwinkerten sich vielsagend zu.

Alois hatte das Barometer an der Wand beobachtet, die Wettermeldungen im Radio verfolgt und den Termin festgelegt, an dem sich Toni und Evi zur Kontrolle der Hütte auf 1732 m Höhe begeben sollten. Sie hatten Proviant in ihre Rucksäcke gepackt sowie Kleidung zum Wechseln, falls sie in einen Regenschauer oder gar in einen Schneesturm kommen sollten. Das Wetter schlug im Mai gelegentlich noch mal unvermittelt um.

So verabschiedeten sie sich nach dem Frühstück und Alois brachte sie mit dem Traktor bis ans Ende des asphaltierten Weges. Im Sommer konnte man mit dem Traktor bis ganz nach oben zur Hütte fahren, aber das war nicht möglich, solange noch viele Schneereste in den schattigen Bereichen lagen.

Schneller, als sie je zu hoffen gewagt hatten, waren die beiden jungen Menschen nun auf einmal Seite an Seite. Vor ihnen lag ein einstündiger Aufstieg zur Raffaltalm, der ersten der drei im Sommer bewirtschafteten Almen im Hochtal.

Toni war gut trainiert und gab das Tempo an, doch Evi kam bald an ihre Grenzen und schnaufte unter dem schweren Rucksack. Sie hatten bisher kaum ein Wort miteinander gesprochen – jeder von ihnen war einfach nur glücklich und ziemlich aufgeregt. Nun machte Toni halt und nahm, ohne lange zu reden, der Evi den schweren Rucksack ab und schulterte ihn auf der Vorderseite, sodass er hinten und vorn gleichmäßig belastet war.

Als der Weg steiler wurde, griff er beherzt nach Evis Hand, die sich in seine schmiegte. Er ermutigte sie immer wieder, dass es nicht mehr weit sei. Bald legten sie jedoch ihre Wetterjacken ab und schnallten sie auf die Rucksäcke, weil sie ins Schwitzen geraten waren.

Es war schon zehn, als sie endlich die Almhütte erblickten. Evi kannte das ja alles nicht, doch Toni hatte jahrelang dem alten Senn geholfen, er war also bestens mit allem vertraut. Aus der Entfernung konnten sie keine äußeren Schäden an den beiden Gebäuden entdecken.

Sie schafften die letzten Höhenmeter in einer halben Stunde. Erschöpft, aber glücklich ließen sie sich dann vor der Hütte auf die Bank fallen. Toni fand den Schlüssel an dem geheimen Platz, wo er seit Menschengedenken aufbewahrt wurde, und schloss die Hüttentür auf.

Es schien alles so, wie er es im letzten Herbst verlassen hatte, doch bald stellte Toni fest, dass das Dach an einigen Stellen doch ziemlich undicht geworden war. Einige große Schindeln hatten sich verschoben, weil die schweren Steine, die zur Fixierung der Bretter auf dem Dach verteilt waren, durch die Schneemassen etwas verrutscht waren. So machte sich der junge Mann sofort an die Arbeit, um das Dach wieder dicht zu bekommen. Zunächst musste er die Schneereste beseitigen, dann die morschen Bretter entfernen und zuletzt neue Schindeln zuschneiden. Hinten im Heuschober waren noch genügend Schindeln gestapelt. Da er in den letzten Jahren den Jungbauer Alois oft genug bei dieser Arbeit beobachtet hatte, kannte er sich aus. Evi reichte ihm die Schindeln an und Toni bedeckte sie mit flachen Feldsteinen.

In der Zwischenzeit hatte die Sonne ihren Höhepunkt erreicht und beschien die Hütte. Evi packte die Rucksäcke aus, stellte Speck und Brot auf den derben Holztisch, öffnete eine Flasche Most und machte Feuer, um Kaffee zu kochen. Am Nachmittag wollte sie die Kammer und die Fenster ordentlich putzen, die Klappläden von den Spinnweben befreien und das Bett frisch beziehen. Sie wusste ja, für wen sie das tat.

So saßen die beiden jungen Leute in der Frühlingssonne auf der Bank vor der Hütte und aßen ihre Speckbrote und tranken Kaffee dazu. Ihr Blick ging hinüber in Richtung Dolomiten, wo der Peitlerkofel schneeweiß und zackig am Horizont aufragte. Evi war mit ihren Eltern schon oft auf der Seiseralm zum Wandern gewesen, daher kannte sie die Berge: den Schlern, den Plattkofel und Langkofel, den Rosengarten und all die anderen.

Ein wenig verstohlen lehnte Evi sich an Toni. Es war so warm geworden, dass sie ihre Strickjacke ausgezogen hatte und ihre weißen Schultern in die Sonne hielt. Die beiden vergaßen für einen Moment die Arbeit und freuten sich an dem stillen Glück, endlich einmal allein und nur füreinander da zu sein. Alles war so rein, so ursprünglich, so erstmalig.

Evi errötete zart und Toni konnte nur mühsam seine Erregung verbergen. Da neckte sie ihn mit den Worten: „Erst die Arbeit, dann das Spiel!"

„Spiel – welches Spiel?", fragte Toni.

„Halma, Toni, nur Halma!"

Als er sich einige Zeit später bei der anstrengenden Arbeit einmal reckte und streckte, sah er hinten am Talschluss Rauch aufsteigen, und zwar aus der Almhütte der Familie Engl, der Englalm. Folglich waren die Leute dort auch damit beschäftigt, die Hütte wieder für die Hütesaison herzurichten.

Es war so gegen fünf Uhr nachmittags, als die beiden Burschen von der Englalm vorbeikamen, um auf dem Heimweg ins Tal ein Schwätzchen mit Toni zu halten. Der hatte aber inzwischen festgestellt, dass auch auf dem Heustall viele Schindeln beschädigt waren und er darum bis spät in den Abend zu tun haben würde, um alles noch dicht zu machen.

So rief er den Kollegen von der Englalm zu, er wisse nicht, ob er heute noch absteigen könne. Sie sollten doch bitte dem Raffaltbauern mitteilen, dass er eventuell auf der Almhütte übernachten und erst am anderen Morgen wieder im Tal sein würde.

Evi war zu diesem Zeitpunkt in der Hütte beschäftigt, um alles zu reinigen und für die kommende Woche vorzubereiten. Die Viehhirten vom Engl mussten also davon ausgehen, dass Toni allein hier oben war. Es dauerte nicht lange, so waren ihre Stimmen verklungen, und es wurde langsam dunkel.

Zum Abendessen hatte Evi eine Pfanne Melchermuas zubereitet. Eigentlich ein Armeleuteessen, für die beiden Glücklichen jedoch ein Festmahl.

Ob sie nicht doch noch in die anbrechende Dunkelheit hinuntersteigen wollten, erkundigte sich Evi ganz aufgeregt.

Aber Toni war strikt dagegen, denn sie hatten keine Fackeln oder Lampen dabei. Der Abstieg schien ihm zu riskant.

Mit geröteten Wangen fragte Evi nun, wo sie denn schlafen könne, es sei doch nur *ein* Bett in der Hütte.

Toni wirkte fast beleidigt und drängte sie, sich auf die Nacht im Bett einzurichten, während er es sich im Heustadel gemütlich machen wollte.

Evi drückte ihm die Hand, als wollte sie sich bedanken, und schickte sich dann an, das Bettzeug zu richten. Sie hatte noch trockenes Holz aus dem Stall geholt und aufgelegt, sodass es angenehm warm in der Hütte wurde.

Als es völlig dunkel war, hatte Toni die letzten Ausbesserungsarbeiten erledigt und ließ sich erschöpft neben dem Feuer auf den Schemel fallen.

Evi saß auf dem Bett und fragte besorgt, wie er sich das mit dem Übernachten im Heu vorstellen würde.

Da lachte Toni nur und meinte, er habe schon oft im Heu geschlafen. Außerdem sei nicht mehr mit Frost zu rechnen. Sie würden am nächsten Morgen beim ersten Sonnenstrahl aufbrechen, damit sich die Leute auf dem Raffalthof keine Sorgen machen müssten.

Evi und Toni waren sich ihres Glücks noch gar nicht richtig bewusst. Doch in ihre Freude über die Zweisamkeit mischte sich die Sorge, was der Raffaltbauer wohl sagen würde, wenn sie über Nacht hier auf der Alm blieben. Aber die Knechte vom Engl hatten ja schließlich den Auftrag erhalten, ihm Bescheid zu geben, und es war durchaus in seinem Sinne, dass die Hütte ordentlich repariert wurde. Daher war ihnen ja eigentlich keine andere Wahl geblieben.

Die junge Frau musste sich regelrecht überwinden, das Plumpsklo aufzusuchen, das in Sichtweite am Abhang stand. Dies entsprach so gar nicht ihrer Vorstellung von Hygiene. Auf dem Herd standen mehrere Töpfe mit heißem Wasser und in der Kammer nebenan war eine Badewanne aus Zink.

Toni stellte bereitwillig die Wanne auf und hängte die Handtücher, die sie mitgebracht hatten, an den Ofen, um sie für Evi zu wärmen. Dann füllte er die Wanne mit heißem Wasser. Da er wusste, was sich gehörte, verließ er anschließend die Hütte, um sich eine Weile draußen aufzuhalten.

Sein Blick verlor sich in der Weite des Himmelszeltes, an dem inzwischen viele Sterne leuchteten, aber seine Fantasie war bei Evi. Er ging zweihundert Meter Richtung Englalm, um dann langsam wieder zurückzukehren.

Evi hatte sich inzwischen zaghaft und fröstelnd ausgezogen. Sie stieg in die Wanne, tauchte bis zum Hals ein und genoss einige Minuten die wohlige Wärme. Dann stand sie auf und seifte sich mit Kernseife von Kopf bis Fuß ein, um noch einmal unterzutauchen und den Seifenschaum abzuspülen.

In ihrem Elternhaus in Bruneck gab es mehrere Bäder, die von einem großen Heizkessel mit reichlich heißem Wasser versorgt wurden. Sie war also in hygienischen Verhältnissen aufgewachsen, die für die Leute im Dorf gänzlich unbekannt waren. Aber jetzt genoss sie trotzdem die Urwüchsigkeit des provisorischen Bades.

Allein das Gefühl, dass Toni draußen auf sie wartete, ließ alles andere in den Hintergrund treten. Deshalb trocknete sie sich rasch mit den rauen Handtüchern ab und zog sich wieder an.

Als Evi fertig war, öffnete sie die Tür, trat hinaus auf den schmalen Balkon und rief nach Toni.

Es dauerte einige Minuten, bis er mit hochrotem Kopf in die Hütte trat.

Sie ermutigte ihn, nach der schweren körperlichen Arbeit vor dem Schlafengehen auch noch ein Bad zu nehmen. Es sei noch reichlich heißes Wasser vorhanden, und sie würde für die Zeit, die er brauche, gerne vor die Hütte gehen.

Toni protestierte energisch, es käme überhaupt nicht infrage, sie frisch gebadet im Kalten sitzen zu lassen. Er würde sich draußen am Wassertrog waschen. Schnell ging er mit Handtuch und Seife vor die Tür, stellte sich mit dem Rücken zu Evi an den Wassertrog und war zehn Minuten später wieder in der Hütte.

Besorgt erkundigte er sich, ob sie Angst habe allein in der Hütte. Sie war etwas unsicher, aber ihr war auch bewusst, dass sich keiner nachts hierher verlaufen würde.

Etwas verlegen wünschten sie einander nun eine gute Nacht. Toni zog mit zwei Wolldecken hinüber auf den Heustall, während Evi ihm hinterherwinkte, sich in die Kammer zurückzog und den Riegel vorschob.

Es musste etwa elf Uhr sein. Toni war endlich eingeschlafen, als er wieder aufschreckte und aus der Ferne tief unten das Knattern eines Motorrades wahrnahm. Das Geräusch kam schnell näher, bald sah Toni durch die Ritzen des Schuppens Lichter. Das konnte nur der Jungbauer Alois sein, denn der hatte ein Motorrad, mit dem er hier oben immer mal wieder nach dem Rechten sah.

Zehn Minuten später bog die Maschine zwischen Almhütte und Heustall ein. Toni war aufgesprungen, hatte sich eine Jacke übergeworfen und war über die Außenleiter nach unten geklettert.

Alois leuchtete ihn mit der Taschenlampe an. „Was ist los? Wir haben uns Sorgen gemacht! Meine Frau und meine Mutter haben darauf bestanden, dass ich nach euch sehe! Alles in Ordnung mit euch beiden?" Alois fragte gar nicht streng, sondern fast ein wenig amüsiert.

Toni entgegnete verwirrt: „Haben die Hirten vom Engl nichts erzählt?"

„Die Hirten vom Engl? Ich weiß von nichts! Aber sag mal, wo ist denn die Evi?"

Im selben Moment öffnete die junge Frau die Hüttentür und schaute verschlafen nach draußen.

Als Toni sie sah, begann er zu stottern. „Ich kann dir alles erklären: Die Dachreparatur hat so lange gedauert, dass ich beschlossen habe, nicht in der Dunkelheit ins Tal abzusteigen. Ich habe die Knechte vom Engl gebeten, dir auszurichten, dass wir erst morgen früh kommen!"

„Dann ist es ja gut. Und wenn ihr nun schon über Nacht hier oben bleibt, dann lasst euch morgen früh Zeit. Es reicht, wenn ihr mittags wieder auf dem Hof seid." Toni meinte, in Alois' Augen ein schelmisches Zwinkern zu entdecken.

„Schlaf gut, Evi!", rief der Jungbauer in Richtung Hütte, wo Evi fröstelnd ihr Hemd vor der Brust zusammenraffte und wieder in der Kammer verschwand.

An Toni gewandt, sagte Alois leise: „Toni, du bist ein braver Mann! Du weißt schon, was ich meine."

Toni nickte wortlos, doch vor Verlegenheit stieg ihm die Röte ins Gesicht.

Der Jungbauer startete das Motorrad, winkte noch einmal zurück und war in wenigen Minuten hinter dem Abhang verschwunden. Toni kletterte wieder zurück in den Heuhaufen und wunderte sich, warum die Knechte vom Engl Alois nichts ausgerichtet hatten. Kurze Zeit später war er eingeschlafen.

Diesmal schlief er so tief, dass er nicht einmal durch das Knarren der Tür zum Heustall wach wurde und auch nicht merkte, dass sich Evi neben ihm ins Heu kuschelte.

Die Morgensonne leuchtete schon durch die Ritzen des Schuppens, im Lichte der Strahlen tanzte der Heustaub, als Toni sich die Augen rieb und langsam zur Besinnung kam. Und ehe er sich versah, weckte Evi ihn mit leidenschaftlichen Küssen. Sie neckten sich ein wenig und tollten wie die kleinen Kinder im Heu herum, bis sie schließlich hinüber in die Hütte gingen, wo Evi das Frühstück vorbereiten wollte.

Doch Toni fühlte sich noch so verklebt und verstaubt von der Nacht im Heu, dass er hinaus an die Viehtränke ging, das Hemd auszog und Kopf und Oberkörper tief in das eiskalte Wasser eintauchte, um schnaufend wieder aufzutauchen und sich abzutrocknen.

Evi kam ihm mit einem warmen Handtuch entgegen und rieb ihn trocken. Worauf Toni sie erneut in die Arme schloss und sie vor lauter Schmusen fast das Frühstück vergessen hätten.

Da sie von Alois den Vormittag frei bekommen hatten, konnten sie in aller Ruhe die Zweisamkeit beim Frühstück genießen. Evi hatte Rührei gemacht, Speck geschnitten, das Anisbrot auf der Herdplatte geröstet und köstliches Marillengelee aufgetischt, Tonis Lieblingsgelee.

Die junge Frau strahlte über ihr rosig blühendes Gesicht, zupfte sich die letzten Heuhalme von der Jacke und blickte ihren Toni voller Liebe und Bewunderung an. „Ich bin so glücklich, Toni, ich kann nicht mit Worten beschreiben, was ich für dich empfinde!"

Aber nach einer kurzen Pause zog ein Schatten über ihr Gesicht und sie ließ Toni mit leisen Worten in ihr Herz schauen: „Toni, meine Eltern ahnen, dass ich verliebt bin. Mein Vater freut sich von Herzen mit mir und ist gespannt darauf, dich kennenzulernen. Ich liebe meinen Vater. Aber ich muss dir von meiner Mutter berichten."

Es sprudelte nur so aus ihr heraus, bis Toni sie unterbrach: „Langsam, Evi, langsam. Wir haben alle Zeit der Welt."

Etwas nachdenklicher fuhr Evi nun fort: „Sie wird dich bestimmt nicht akzeptieren. Denn bei ihr zählen nur Bildung, Studium, Herkunft und Reichtum. Wann immer meine Geschwister Freunde oder Freundinnen mitgebracht haben, war meine Mutter wie versessen darauf zu erfahren, ob sie auch aus gutem Hause kommen. Ich weiß genau, dass sie meine Liebe zu dir nicht akzeptieren wird. Außerdem will sie unbedingt, dass ich im Ausland studiere. Erst dann, wenn ich mindestens einen Magister oder Doktorgrad habe, darf ich ihr einen Mann nach ihrem Geschmack präsentieren. Toni, du glaubst gar nicht, wie mich dieses Verhalten stört."

„Was hat denn deine Mutter studiert?"

„Das ist es ja, was mich so ärgert! Sie selbst kommt aus ganz einfachen Verhältnissen, ohne meinen Vater wäre sie ein Nichts geblieben. Sie hat nie studiert, aber sie besteht darauf, dass alle ihre Kinder akademische Wege einschlagen. Ich bewundere meinen Vater für seine Geduld – ich an seiner Stelle hätte mich längst von solch einem elitären Gehabe distanziert. Aber mein Vater deckt die Differenzen zwischen ihm und ihr in seiner weitherzigen Art immer wieder zu. Und unsere Hausgemeinde, unser Hausgottesdienst, das alles zwingt mich und meine Geschwister, unserer Mutter gegenüber den Mund zu halten und Vater nicht in Verlegenheit zu bringen!"

So, nun war es heraus. Evi fühlte sich erleichtert.

Toni staunte über ihren Mut, sich gegen die Pläne ihrer Mutter zu stellen. Er nahm sie in den Arm und sie schmiegte sich liebevoll an ihn.

Welch ein kostbares Geschenk ruhte da in seinen Armen, dachte

Toni so überwältigt, dass ihm das Wasser in die Augen stieg. Er, der fast ein Analphabet geblieben wäre, der Waisenknabe, dem keiner etwas zugetraut hatte, fühlte sich unendlich geliebt von diesem wunderbaren Menschenkind.

Evi küsste ihm die Tränen von den Wangen und sagte: „Toni, ich liebe dich seit dem Tag, als ich auf den Raffalthof gekommen bin. Doch ich konnte dir meine Gefühle nicht zeigen, weil ich nicht wusste, ob du überhaupt Interesse an mir hast. Nun weiß ich es. Ich bin so glücklich!"

Auch Toni konnte sein Glück kaum fassen.

Um halb zehn packten sie schließlich alles zusammen, verschlossen die Hütte wieder sorgfältig und machten sich Hand in Hand an den Abstieg hinunter ins Dorf.

Als sie pünktlich um zwölf zum Mittagstisch die Bauernküche betraten, schienen sich alle Hausgenossen von Herzen zu freuen, dass die beiden wieder gut zurück waren. Die alte Bäuerin und ihre Schwiegertochter tauschten vielsagende Blicke und lächelten über das Glück des jungen Paares.

Aber der Abschied nahte bereits. Er war unausweichlich, denn Anfang Juni sollte Toni mit der Herde hinauf zur Sommeralm ziehen. Evi versprach ihm, an einem der darauffolgenden Sonntage hinaufzusteigen und ihn mit frischem Kuchen zu versorgen.

Toni war es immer ein wenig weh ums Herz, wenn er seine Sachen für die Sommersaison packen musste. Die Einsamkeit war nicht so leicht zu ertragen. Er war grundsätzlich lieber unter Menschen und natürlich ganz besonders jetzt, wo er sein Herz an Evi verloren hatte.

Aber es kam der Tag, an dem der Raffaltbauer wie jedes Jahr die Pritsche hinten am Traktor belud: Salzlecksteine für die Kühe, Kraftfutter, einen kleinen Sack voller Brotlaibe, einen Beutel voll

Speckseiten, Kaffee, Nudeln, Gewürze, Buchweizenmehl, Kerzen, Weidezaunbatterien, Brennspiritus für die Lampen, frisch gewaschenes Bettzeug, einen Rucksack mit frischer Wäsche, mehrere Rollen Stacheldraht und vieles andere mehr. Die Ladung wurde mit Stricken sorgfältig festgezurrt.

Die Viehherde – fünfzig Stück Jungvieh und einige Milchkühe – stand bereit. Die jüngeren Brüder vom Raffaltbauern waren mit Peitschen ausgerüstet, um die Herde hinaufzutreiben.

Ganz vorn ging Toni, danach die Herde, flankiert von den Burschen, und ganz hinten fuhr Alois Schmid mit dem Traktor den steilen Berg hinauf. Es war ein funkelnagelneuer Fendt. Der alte Fiat war in die Jahre gekommen und wollte nicht mehr. Und nach Alois' Meinung waren die deutschen Traktoren aus dem Allgäu die besten.

Nach drei Stunden mühsamen Aufstiegs mit den störrischen Tieren waren sie endlich bei der Almhütte angekommen. Toni schloss die schwere Holztür auf und öffnete die Fenster weit, und Alois machte sich sofort daran, das mitgebrachte Material in der Hütte zu verstauen. Die Brüder hatten die Herde schon in einen ersten eingezäunten Bereich getrieben.

Toni säuberte die Viehtränke. Es war heftiges Tauwetter, die Sonne brachte auf hoch gelegenen Abhängen die letzten Schneefelder zum Schmelzen. Die Wiesen waren saftig, überall gurgelten kleine Wasserläufe.

Am Nachmittag gegen vier Uhr war alles so weit eingerichtet, dass der Jungbauer Alois mit seinen Brüdern auf dem Traktor den Heimweg antreten konnte. Toni blieb mit der Herde allein zurück.

Am ersten Abend war er so erschöpft, dass er bald in die Kissen sank. Und was fand er im Bett? Ein kleines Briefchen mit Schneeglöckchen verziert.

Mit zitternden Händen öffnete er den Umschlag und zog den handgeschriebenen Brief heraus. Es war nicht viel, was Evi geschrieben hatte, aber es war so voller Kraft, dass er diese Zeilen immer wieder las und auch den nächsten Arbeitstag mit der Lektüre des kleinen Briefchens begann.

Es waren einige Tage vergangen, als die Hirten von der Englalm vorbeikamen. Sie meinten, sie hätten noch etwas gutzumachen, und es sei ihnen ein bisschen peinlich, dass sie vor ein paar Wochen vergessen hatten, Tonis Nachricht zum Raffalthof zu bringen. Sie hatten ein paar Flaschen Bier dabei, und so ergab sich ein nettes Gespräch, bis es dunkel wurde. Zum Schluss verabredeten sie, sich gegenseitig zu helfen, wenn einer in Not wäre. Dazu vereinbarten sie Leuchtzeichen.

Als Toni auch an diesem Abend Evis Brief noch einmal durchgelesen hatte, spürte er den inneren Drang zu beten. Er bedankte sich bei diesem unbekannten „evangelischen" Gott für das Glück mit Evi und bat um eine sichere Nacht für sich und die Tiere. Dann atmete er bewusst den frischen Duft der Bettwäsche ein, in der Evi vor wenigen Wochen genächtigt hatte.

Er spürte, dass, seit dieses kostbare Gottesgeschenk in sein Leben getreten war, der Schmerz über den Verlust seiner Eltern gelindert wurde. So einzuschlafen, war ein Stück vom Himmel: eingehüllt in das Tuch, das seine Liebste bedeckt hatte. Es war ihm, als hätte er einen Blick in die Werkstatt des Schöpfers geworfen, als dieser gerade dabei gewesen war, die Liebe zu erfinden.

Krise

Es waren keine zwei Wochen vergangen, als Evi sich bei ihren Eltern für den Hausgottesdienst abmeldete, um Zeit für einen Besuch bei Toni zu haben. Gegen zehn Uhr stieg sie bereits hinauf ins Hochtal. Sie hatte einiges gebacken und liebevoll eingepackt und freute sich auf die Begegnung mit ihrem geliebten Toni.

Der stand schon sehnsüchtig auf dem Balkon der Hütte und lief los, sobald er sie über die Baumgrenze hinaus auf die Hütte zukommen sah. Die beiden jungen Leute schlossen sich in die Arme und wollten sich gar nicht wieder loslassen. Doch schließlich deckten sie draußen vor der Hütte den Holztisch – es war ein schöner warmer Junitag – und Evi servierte den selbst gebackenen Kuchen.

Im Laufe des Gesprächs erwähnte sie, dass sie nicht wisse, ob und wie sie ihren Eltern von ihrem Glück berichten solle.

Toni ermutigte sie sehr, sich ihren Eltern anzuvertrauen.

Aber Evi seufzte tief.

„Hast du Angst vor dem Gespräch?", fragte er.

„Ja, Toni, ich habe Angst davor." Meine Eltern wollen mich zur Ausbildung nach England schicken, ich soll dort in einem herrschaftlichen Haus in London mitarbeiten, die englische Sprache lernen und mich für ein Studium in Oxford vorbereiten!"

Toni war wie vor den Kopf geschlagen. Mit dieser Botschaft hatte er überhaupt nicht gerechnet. „England, London, Oxford, Studium – was soll das alles? Wir sind doch glücklich!"

Evi erklärte ihm geduldig, dass ihre Eltern sie von vornherein nur für maximal zwei Jahre auf den Bauernhof hatten geben wollen und dass sie schon immer für ihre Tochter berufliche Pläne geschmiedet hatten.

„Aber nun ist doch alles anders", protestierte Toni. „Wir lieben uns und wir gehören doch zusammen."

„Ja, Toni, so sehe ich das auch. Deshalb möchte ich dich meinen Eltern vorstellen, sie müssen dich unbedingt kennenlernen. Nach dem Almabtrieb musst du gleich mit nach Bruneck gehen. Am liebsten viel früher, aber du kannst ja hier nicht weg."

Sie schwiegen eine Weile. Ihre Hände waren ineinander vergraben, aber Toni war elend zumute. Er, der schlecht gebildete Hirte, der äußerlich nicht viel hermachte, sollte in Bruneck im Haus des Herrn Magister Gottlieb Stocker, Ingenieur und Direktor der Dolomitwerke, dessen Tochter seine Aufwartung machen?

Allein der Gedanke brachte ihn in größte Verlegenheit. Er wusste doch gar nicht, wie er sich in einem so herrschaftlichen Haus benehmen sollte.

Doch Evi warf sich ihm um den Hals, um diese Bedenken zu zerstreuen. „Toni, mein lieber Toni, du bist so wertvoll, so kostbar – meine Eltern werden das spüren, da bin ich ganz sicher!"

Gegen fünf Uhr musste sich Evi auf den Rückweg machen. Erst nach einer langen innigen Umarmung konnten sie sich voneinander lösen. Toni winkte ihr nach, bis sie hinter der Bergkuppe verschwunden war.

Am Abend dieses Tages bat Evi um ein Gespräch mit der Jungbäuerin, das ihr gerne gewährt wurde. Alois saß auch am Kachelofen und war gespannt, was die Evi vortragen würde. Diese erzählte nun genau das, was sie auch Toni erzählt hatte, nämlich von den Plänen ihrer Eltern bezüglich ihrer beruflichen Zukunft. Alois und Marianna Schmid waren betroffen. Sie hatten solch eine Freude an Evi, waren so dankbar für die gute Arbeit, die sie leistete, dass sie gar nicht daran denken wollten, sie hergeben zu müssen.

Aber nach einer Weile sagte Marianna: „Evi, es ist dein Leben. So gerne wir dich hierbehalten wollen, so gerne wir dich an der Seite von Toni sehen – wir müssen dich trotzdem freigeben, wenn du einen weiteren Schritt in deiner Lebensplanung gehen willst!"

Alois hätte das nicht so sagen können, aber er nickte beipflichtend.

Da nahm Evi all ihren Mut zusammen und fragte, ob Toni im Laufe des Juni oder Juli mal einen Tag frei bekommen könnte, damit sie ihn mit nach Bruneck in das Haus ihrer Eltern nehmen könnte.

„Aber, Evi", meinte Alois Schmid, „was für eine Frage! Das ist doch klar, dass wir Toni gerne für einen Tag freistellen; deine Eltern haben schließlich ein Recht darauf, ihn kennenzulernen."

Jetzt war es Marianna, die ihm beipflichtete.

So saßen sie noch eine Weile am Kachelofen in der schönen Zirbelstube mit den Holzschnitzereien. Als sie sich erhoben und einander eine gute Nacht wünschten, fügte Alois noch hinzu: „Evi, sag uns einfach, wann ihr beiden nach Bruneck wollt, dann übernehme ich an dem Tag die Alm."

Evi war so gerührt von so viel Verständnis und Liebe, dass sie beiden um den Hals fiel und der Bäuerin einen herzlichen Kuss gab.

Am nächsten Sonntag machte sich Evi wieder früh auf den Weg, um den Postbus zu erreichen, der sie nach Bruneck bringen sollte. Zu Hause fand sie ein voll besetztes Wohnzimmer vor: Ihre Geschwister waren alle da, zudem einige Angestellte aus Vaters Firma und einige Touristen, die von diesem evangelischen Hausgottesdienst erfahren hatten. Inzwischen wurde sogar in der Touristen-Information ein Aushang genehmigt, der auf den Gottesdienst hinwies. So gab es immer wieder Gäste, die den Hausgottesdienst gern besuchten.

Nachdem die letzten Gäste gegangen waren, klopfte Evi das Herz bis zum Hals, denn sie musste ihre Eltern jetzt ins Vertrauen ziehen. Die Geschwister begaben sich in den Garten, die Eltern blieben mit Evi im Salon des Hauses zurück.

Gottlieb Stocker liebte alle seine Kinder, aber an Evi hatte er eine besondere Freude. Und seine Frau hatte in den letzten Wochen immer wieder einmal Andeutungen gemacht, dass das Töchterchen wohl verliebt sei.

„Nun, meine Tochter, erzähl uns doch mal, wie es dir auf dem Raffalthof geht, ich habe da so was läuten hören!" Sein entspanntes Lächeln ermutigte Evi, mit der langen Geschichte anzufangen.

Theresa Stocker wirkte ebenfalls neugierig, da sie keinen Informationsvorsprung besaß. Viele Töchter erzählen zuerst ihren Müttern von den Liebesgefühlen, aber Evi war sich darüber im Klaren, wie skeptisch ihre Mutter war. Seit diese spürte, dass ihre Tochter verliebt war, wollte sie nur eins wissen: Wer ist der Auserwählte?

Evi hatte Angst vor dieser Frage, denn sie wusste, welche Vorstellung ihre Mutter von einem zukünftigen Schwiegersohn hatte: ein gebildeter, gut aussehender, erfolgreicher und gesellschaftlich gut positionierter Mann sollte es sein, dessen Lebensstil zu ihrem eigenen Standard passen würde. Und sprachbegabt musste er sein: Englisch, Französisch und am besten noch Italienisch sollte er beherrschen.

Toni sprach Südtiroler Dialekt, das war alles. Und das auch noch mit einem leichten Sprachfehler.

Gottlieb Stocker war es indessen vor allem wichtig, dass seine Tochter in dieser entscheidenden Frage eine „klare Führung Gottes" erlebte. Er betonte dies immer wieder, als ob es ganz einfach sei, Gottes Wegweisung im eigenen Leben zu erkennen.

Evi rang sich nun durch, endlich Farbe zu bekennen. Mit geröteten Wangen und leichter Nervosität fing sie an, von ihrem geliebten Toni zu berichten. Sie sprach von seinem edlen Charakter, seinen klaren Prinzipien, seinem Interesse an ihrem christlichen Glauben, seiner Fürsorge und Zuverlässigkeit.

Ihr Vater hörte aufmerksam zu, während ihre Mutter sehr angespannt wirkte. Sie schien zu wissen, dass dies nur eine harmlose Einleitung war. Und sie wappnete sich bereits gegen etwas Unerfreuliches, ihre Körpersprache verriet das sehr deutlich.

Aber Gottlieb Stocker gratulierte Evi zunächst einmal, dass sie vor all den äußeren Dingen die inneren Werte so schön dargestellt habe. Das liebte er an ihr.

Und er versuchte, seine Frau zu beschwichtigen: „Theresa, wir wollen uns doch daran freuen, was Evi über die Qualitäten ihres Herzallerliebsten gesagt hat." Dann ermutigte er seine Tochter weiterzuberichten.

„Mutti, ich weiß, dass du jetzt enttäuscht sein wirst, aber ich möchte dich und Vater nicht täuschen, darum mute ich dir jetzt etwas zu: Anton Hinteregger ist 19 Jahre alt und arbeitet wie ich bei Alois Schmid auf dem Raffalthof in Terenten. Er ist ein Waisenkind. Sein Vater ist in den letzten Kriegstagen von einer Bombe der Alliierten getroffen worden, und seine Mutter ist bei einem schrecklichen Erdrutsch ums Leben gekommen, der ihr ganzes Haus zerstört hat. Toni hat nur überlebt, weil er zu dieser Zeit mit einer schweren Krankheit im Spital in Bruneck lag. Aufgrund seiner langen Krankheit und des Schocks, den er beim Verlust seiner Eltern erlitten hat, ist er sprachlich und von der Schulbildung her zurückgeblieben."

Vater schaute ein wenig besorgt, Mutter schien es für einen Moment die Sprache verschlagen zu haben.

„Toni hat Privatunterricht von der Bäuerin erhalten und so seinen Bildungsrückstand schnell aufgeholt. Er kann inzwischen perfekt lesen und schreiben, nur ein kleiner Sprachfehler ist zurückgeblieben, aber der wird auch noch gemeistert, weil er jetzt in mir eine ständige Ansprechpartnerin hat.

Ja, was soll ich sagen? Ich liebe Toni von ganzem Herzen und er liebt mich. Aber ich weiß, dass er eigentlich nicht in unsere Familie passt. Er hat keine Berufsausbildung geschweige denn ein Studium absolviert. Aber er kümmert sich hingebungsvoll um die Kuhherde auf dem Raffalthof und ist den ganzen Sommer mit den Tieren oben auf der Hochalm. Diese Arbeit macht er mit großer Freude und Gewissenhaftigkeit, sodass der Bauer mit ihm sehr zufrieden ist.

Ist die Versorgung von Tieren, die uns Lebensmittel liefern, nicht eine ganz wertvolle und verantwortungsvolle Arbeit? Und mit Tieren umzugehen, ist allemal anspruchsvoller, als eine Maschine zu bedienen."

Bevor Evis Vater etwas sagen konnte, richtete sich ihre Mutter im Sessel auf. Die Adern an ihrem Hals waren geschwollen und sie war krebsrot im Gesicht. In einem Ton, der keinen Widerspruch zuließ, erklärte sie: „Evi, ich kann diese Beziehung nicht gutheißen. Du bist verliebt, aber du hast auch einen Verstand. Der Verstand müsste dir sagen, dass dieser Herr Hinteregger weder zu dir noch zu unserer Familie passt. Wir haben mit dir große berufliche Pläne. Du sollst in England studieren. Wie stellst du dir das vor, mit einem ungelernten Viehhirten zusammen durchs Leben zu gehen?"

Evi war in keiner Weise verwundert, denn genau mit diesen Einwänden hatte sie gerechnet.

Ihr Vater machte vorerst keine Anstalten, das Wort zu ergreifen. Je mehr sich die Mutter empörte, desto wohlgefälliger ruhte sein Blick auf seiner Tochter.

Aber dann schaltete er sich doch in das Gespräch ein. „Theresa, ich kann deine Reaktion verstehen, aber als Christen sollten wir doch Großes von Gott erwarten. Er kann alle Hindernisse aus dem Weg räumen und die Wege ebnen." Dabei legte er seine Hand auf den Arm seiner Tochter, die neben ihm saß.

Evi schaute ihn nur dankbar an.

Aber die Mutter übernahm schnell wieder die Regie: „Evi, du hast nur ein Leben, und du wirst sicher nicht deinen Lebensinhalt darin finden, dass du auf einem Bauernhof als Magd und Haushaltshilfe dein Leben verbringst. Der Viehhirte hat zwar ein kleines Einkommen, aber er hat kein Haus und kein Grundstück, das man bebauen könnte. Es passt überhaupt nichts in eurer Beziehung."

Sie hielt einen Moment inne, bevor sie ihre Tochter mit zusammengekniffenen Augen ansah und verkündete: „Du wirst wie geplant nach England gehen, wir haben schon eine Familie für dich gefunden, bei der du ab September als Au-pair arbeiten wirst. Nächstes Frühjahr beginnt dann dein Studium in Oxford!"

Zu ihrem Mann gewandt sagte sie gereizt: „Gottlieb, es geht nicht um Hindernisse, die Gott aus dem Weg räumen könnte, es geht darum, dass es unverantwortlich wäre, diesem zurückgebliebenen Viehhirten Hoffnungen zu machen, wo doch Evi in Kürze nach London ziehen wird."

Evi war schockiert. Ihre Mutter hatte ohne Rücksprache mit ihr bereits alles unter Dach und Fach gebracht? Und sie fand es empörend, dass ihre Mutter Toni als „Zurückgebliebenen" bezeichnete.

Aber sie hatte sich schnell wieder im Griff und sagte: „Bevor wir hier weiter debattieren, möchte ich euch bitten, meinen Toni in eurem Haus willkommen zu heißen." Das „in eurem Haus" kam ziemlich kühl und distanziert über ihre Lippen.

„Ich möchte euch meinen Freund gerne vorstellen, und zwar möglichst bald. Und, Mutti, ich bitte dich, nicht einfach über mich zu bestimmen. Du verfügst über mein Leben in einer Weise, die ich wirklich mies finde!"

Natürlich wusste sie, dass das Wort „mies" für ihre Eltern völlig inakzeptabel war. Aber jetzt hatte sie zumindest gesagt, was sie auf dem Herzen hatte.

Aus dem Augenwinkel sah sie ihren Vater ganz dezent nicken, zugleich zeigte seine Miene aber auch Missfallen an der Art und Weise, wie sie ihrer Mutter widersprochen hatte. „Meine liebe Tochter, ich bitte dich um eine gepflegtere Ausdrucksweise. Aber selbstverständlich freue ich mich darauf, deinen Toni persönlich kennenzulernen!"

Evis Mutter erhob sich vor Entrüstung. „Gottlieb, wenn dieser junge Mann einmal bei uns war, können wir das Rad nicht mehr zurückdrehen. Ich bin dagegen, dass er sich hier vorstellt!"

„Wie, mein Schatz, du willst Evi verbieten, dass sie ihren Freund mitbringt? Das hier ist Evis Zuhause. Meine Liebe, da muss ich dir aber deutlich widersprechen!"

Evi riss verwundert die Augen auf, denn so hatte sie ihren Vater noch nie reden hören.

Indem er aufstand, um sich ins Esszimmer zu begeben, fügte Gottlieb Stocker noch hinzu: „Evi, ich danke dir für dein Vertrauen. Wir werden einen guten Weg finden. Bitte bleib noch bei uns zum Abendessen und dann bringe ich dich persönlich nach Terenten zurück. Und richte bitte deinem Freund aus, dass ich ihn gerne kennenlernen möchte. Wir müssen uns nur terminlich abstimmen."

Dann ging er ins Esszimmer, wo Evis Geschwister inzwischen alle versammelt waren. Mutter ging mit hochrotem Kopf nach oben und ließ die Haushälterin wissen, dass sie nicht zum Abendessen kommen würde.

Das war für Evis Vater kein Grund, sich irritieren zu lassen. Er sprach das Tischgebet und wünschte einen guten Appetit. Evis Schwestern und Brüder spürten, dass irgendetwas in der Luft lag, aber der Vater strahlte so eine Gelassenheit und Ruhe aus, dass sich schließlich alle ganz ungezwungen unterhielten.

Evi ging nach dem Essen hinauf in den oberen Stock und klopfte zaghaft an der Schlafzimmertür ihrer Eltern. Obwohl sie keine Antwort erhielt, schlüpfte sie durch den Türspalt und sah ihre Mutter im Lehnstuhl sitzen.

Theresa Stocker weinte in ein Kissen hinein und schaute nicht auf, als ihre Tochter sich von ihr verabschiedete. Sie war so empört und irritiert, dass sie in diesem angespannten Augenblick kein verbindendes und versöhnendes Wort aussprechen konnte.

Als Evi nach unten vor die Haustür kam, stand Vater mit der Limousine bereit, und schon ging es hinaus aus der Stadt. Sie hatten eine gute halbe Stunde zu fahren. Zunächst war es befreiend still zwischen ihnen und gar nicht bedrückend, bis ihr Vater nach zehn Minuten das Wort ergriff: „Evi, das wird ein schwerer Weg, und ich hoffe, du bist dir darüber im Klaren. Wir möchten deinen Toni gern kennenlernen und dann werden wir weitersehen. Du kannst ihm schon mal herzliche Grüße von mir bestellen. Mach dir keine Sorgen um Mutter – ich werde mich um sie kümmern!"

Auf dem Raffalthof angekommen, versprach Evi ihrem Vater, ihm möglichst bald Nachricht zu geben, wann sie mit Toni nach Bruneck kommen könne. Sie beugte sich noch einmal ins Auto, küsste ihren Vater, umarmte ihn und trat dann zurück.

Als die Rücklichter der schweren Limousine hinter der nächsten Kurve verschwunden waren, ging Evi ins Haus.

Im Treppenhaus begegnete ihr Marianna Schmid, sie fragte besorgt, ob alles gut sei.

Evi nickte nur kurz und verschwand in ihrem Zimmer. Dort warf sie sich aufs Bett und versank in Tränen. Von Sorgen geplagt, sank sie schließlich in einen unruhigen Schlaf.

Am nächsten Morgen entschloss sie sich, ihrer Chefin anzuvertrauen, wie ihre Mutter reagiert hatte. Marianna war sehr verständnisvoll, sodass Evi die Bitte, die sie auf dem Herzen hatte, nicht einmal äußern musste.

Die Bäuerin besprach sich mit ihrem Mann, und der bot an, Evi mit dem Motorrad zur Hütte zu bringen. Es sollte gleich um elf losgehen. Er würde sie abends wieder abholen.

Evi war gerührt von der Hilfsbereitschaft der Schmids. Zwei Stunden später stand sie bereit, den Rucksack voll Leckereien geschultert.

Als sie oben an der Hütte eintrafen, war Toni nirgends zu sehen. Evi stieg ab und ging in die Hütte, während Alois in Richtung Talschluss fuhr, um nach Toni zu suchen.

Der junge Mann war gerade dabei, den Zaun an der Grenze zur Englalm zu reparieren. Besorgt lief er seinem Chef entgegen. „Ist was mit Evi?", keuchte er, als er Alois gegenüberstand.

„Komm, steig auf, ich bring dich zu ihr. Heute Abend komme ich um sechs, um sie wieder abzuholen."

Toni war ziemlich verwirrt, als er vom Sozius des Motorrades aus Evi vor der Hütte stehen sah.

Sie fielen sich um den Hals, während Alois wortlos Gas gab und gleich danach verschwunden war.

„Was ist los?", brach es aus Toni heraus. „Warum kommst du hier hoch? Hattest du Ärger mit deinen Eltern?"

Evi sah ihn hilflos an. Sie wusste einfach nicht, was sie sagen sollte.

Daraufhin führte er sie in die Hütte und ließ sich drinnen schwer auf den Schemel am Ofen fallen.

Evi setzte sich zögernd aufs Bett.

Toni starrte sie wortlos an. So saßen sie eine Weile still beieinander und schwiegen. Keiner wollte den Anfang machen.

„Deine Eltern akzeptieren mich nicht, oder?" Das Schweigen war gebrochen.

Evi wich seinem fragenden Blick aus.

„Evi, nun sag doch was!"

Sie aber blieb stumm.

Da stand Toni auf, nahm ein Handtuch und ging zum Trog, um sich zu waschen, denn er hatte am frühen Morgen bereits den Stall ausgemistet. Er zog die Stiefel aus und schrubbte sich die Füße, schlüpfte in die Holzpantinen und kam wieder in die Hütte, um sich ein frisches Hemd anzuziehen.

In diesem Moment wurde Evi von einem unbändigen Verlangen gepackt. Als wollte sie den Protest ihrer Mutter entkräften und ihren geliebten Toni für immer an sich binden, warf sie sich an seine Brust und hinderte ihn daran, sein Hemd zuzuknöpfen. Sie zog ihn aufs Bett, drückte ihn in die Kissen und bedeckte sein Gesicht, seinen Hals und seine Brust mit Küssen.

Er schaute sie seltsam fragend an, aber er ließ sie gewähren.

Sie stammelte immer wieder verzweifelt und gleichzeitig siegessicher: „Ich gehöre dir, Toni! Uns bringt nichts und niemand auseinander." Es war gerade so, als wollte sie Toni endgültig in Besitz nehmen und nie wieder hergeben. Es war ein stiller Aufstand gegen ihre Mutter.

Irgendwann begann sie dann unter Tränen zu berichten, was sie in ihrem Elternhaus erlebt hatte.

Toni strich ihr beruhigend über den Rücken und durch die Haare.

Sie beschrieb die rigorose Ablehnung ihrer Mutter und die freundliche Reaktion ihres Vaters. „Toni, du musst mit mir nach Hause kommen. Ich möchte dich meinen Eltern vorstellen. Sie sollen wissen, in welch tollen Mann ich mich verliebt habe."

Toni war gerührt und zog sie fest an sich, als wollte er jetzt schon ihr Bündnis endgültig besiegeln und Evis Mutter keine Chance bieten. Irgendwann stand er jedoch auf, knöpfte sein Hemd zu, legte Brennholz nach und kochte Kaffee.

Evis Augen waren verquollen, aber sie leuchteten voller Kraft. Sie erzählte Toni, dass Alois Schmid bereit sei, ihn am nächsten Sonntag auf der Alm zu vertreten, sodass er mit Evi nach Bruneck fahren könne. Der Bruder von Alois, Michael Schmid, würde sie mit dem Auto nach Bruneck bringen.

Die restliche Zeit des Nachmittages verbrachte Toni mit seiner Zaunreparatur und Evi half ihm dabei. Um fünf Uhr räumten sie ihre Sachen zusammen.

In der Hütte setzte Evi sich noch einmal kurz aufs Bett. Als sie anschließend das Bettzeug glatt strich, fiel ihr Blick auf einen Stapel Bücher hinter dem Bett. Erstaunt zog sie eines nach dem anderen hervor und breitete die Bücher auf dem Bett aus.

Sie kam aus dem Staunen nicht mehr heraus: Toni schien jede

freie Minute mit guter Literatur zu verbringen! Da war eine Bibel, ein Band über Martin Luther, Fachbücher über Rinderzucht und Almwirtschaft und eine Chronik des Dorfes Terenten. Ein Gedichtband von Matthias Claudius, dazu Klassiker von Hermann Hesse und Thomas Mann.

Evi strahlte über das ganze Gesicht, nahm die Bücher immer wieder zur Hand und blätterte darin.

Toni errötete ein bisschen und fühlte sich wie ein ertapptes Kind, aber Evi war begeistert. Sie erkundigte sich, welches dieser Bücher ihm am besten gefallen habe und wieso er ihr nie erzählt habe, womit er sich so eingehend beschäftigte. So unterhielten sie sich noch eine Weile über Literatur, bis der Abschied nahe rückte.

Um sechs Uhr stand Evi mit dem Rucksack bereit und Alois ließ nicht lange auf sich warten.

Die beiden Männer verabredeten sich für den nächsten Sonntag: Alois wollte mit der Geländemaschine morgens um acht auf der Alm sein und Toni sollte mit dem Motorrad hinunter ins Dorf fahren. Abends um sechs Uhr wollten sie einander dann wieder ablösen.

Immer noch ziemlich aufgewühlt und den Kopf voller Sorgen um die Begegnung mit Evis Eltern ging Toni schon um acht zu Bett, nachdem er die vier Kühe im Stall gemolken und noch einmal nach dem Jungvieh auf der Weide gesehen hatte.

Als er mit seiner Hand unter das Kopfkissen fuhr, spürte er dort etwas, was da eigentlich nicht hingehörte. Erstaunt zog er ein wunderschön besticktes Taschentuch von Evi hervor. Sie hatte es dort am Nachmittag für ihn versteckt. Er presste das duftende Tüchlein an sich und schlief erst nach Mitternacht ein.

Kaum war Evi mit Alois auf dem Hof angekommen, ging sie direkt zur Altbäuerin und berichtete ihr strahlend von Tonis neuer Leidenschaft für Literatur.

Die alte Bäuerin zog Evi an sich, als sie so zusammen auf der Kachelofenbank saßen, und freute sich still am Glück der jungen Frau. Ja, sie wusste, dass ihre Mühe um Toni nicht vergeblich gewesen war.

Kurze Zeit später kam Alois mit Marianna in die gute Stube, wo Evi mit der alten Bäuerin am Ofen saß. Sie liebte den Platz am gemauerten Kachelofen. Die Strahlungswärme wirkte wie ein trockenes Vollbad. Rund um den Brutkasten, wie Marianna den Ofen nannte, verlief eine Bank aus Buchenholz, die mit Polstern belegt war.

Hier wurde öfter mal ein Thema auf die lange Bank geschoben. Denn die neue Hektik im Tal war einfach noch nicht hier oben angekommen. Wer die Wohnstube des Raffalthofes betrat, gab zu erkennen, dass er Zeit hatte.

Über dem Kachelofen war ein hölzerner Zwischenboden eingezogen, die sogenannte Ofenbrücke, auf der die Kleinen in kalten Winternächten schon während Omas Gute-Nacht-Geschichten einschliefen.

Auf dem großen runden Tisch standen immer Äpfel und Nüsse. Der Herrgottswinkel mit Kruzifix wurde im Sommer mit frischen und im Winter mit getrockneten Blumen geschmückt.

Oft saß die halbe Familie mit Brett- oder Kartenspielen beschäftigt in der Stube. Alois war meistens einer der Ersten, der sich gegen zehn Uhr verzog. Marianna hingegen wurde manchmal dann erst richtig wach.

Es dauerte noch eine ganze Weile, bis Evi schließlich müde ihr Zimmer aufsuchte. Sie kniete an ihrem Bett nieder, breitete ihre Arme aus, als wolle sie von Gott einen Segen empfangen, und sprach ihr Nachtgebet, Luthers Abendsegen:

„Ich danke dir, mein himmlischer Vater, durch Jesus Christus, deinen lieben Sohn, dass du mich diesen Tag gnädiglich behütet hast, und bitte dich, du wollest mir vergeben alle meine Sünde, wo ich unrecht getan habe, und mich diese Nacht auch gnädiglich behüten. Denn ich befehle mich, meinen Leib und Seele und alles in deine Hände. Dein heiliger Engel sei mit mir, dass der böse Feind keine Macht an mir finde."

Ihre Gedanken schweiften noch einmal zurück zur Hütte. Sie dankte Gott mit ihren eigenen Worten für die tiefe Liebe, die sie mit Toni verband – diesem wunderbaren, unvergleichlichen Mann!

Voller Dankbarkeit und in der Hoffung, dass der Besuch mit Toni bei ihren Eltern einiges klären würde, schlief sie um Mitternacht ein.

Besuch in Bruneck

Die Woche verging wie im Fluge. Manchmal verschwinden die Tage im Nichts, wenn man auf ein großes Ziel hin lebt.

So war es auch bei Toni. Er sah dem kommenden Sonntag zwar mit Sorge entgegen, aber er spürte in seinem Herzen auch eine große Zuversicht, die ihn stark machte. Er würde sich nicht verstellen. Er freute sich darauf, Evis Vater kennenzulernen, und er würde Evis Mutter mit Respekt und Ehrerbietung begegnen. Alles andere lag nicht in seiner Hand.

Am Sonntagmorgen stand er schon um fünf Uhr auf, versorgte das Vieh, kehrte die Kammer, legte sich kurz in die eiskalte Tränke und schrubbte sich, bis sein Körper knallrot war. Er zog Arbeitskleidung an, denn die feine Hose, das Hemd und das Trachtensakko wollte Evi unten auf dem Hof zurechtlegen.

Auf Alois war Verlass: Es dauerte nicht lange, bis das Motorengeräusch die morgendliche Stille durchbrach. Der junge Bauer stellte die Maschine erst gar nicht ab, sondern schlug Toni ermutigend auf die Schultern und übergab ihm das Motorrad.

Als er in der Kammer verschwand, war Toni schon außer Sichtweite. Er fuhr vorsichtig, aber doch zügig die Serpentinen des Waldweges hinunter, bis die Scheune des Hansenhofes in Sicht kam.

Auf dem Raffalthof angekommen, schob er das Motorrad in den Schuppen und wurde an der Haustür von Evi stürmisch begrüßt. Sie sah atemberaubend aus in ihrem feschen Dirndl, die Haare hatte sie kunstvoll hochgesteckt.

Stolz führte sie Toni in ihr Zimmer, wo seine Garderobe fein säuberlich vorbereitet lag. Er hatte sich in wenigen Minuten umgezogen und stand dann vor Evi, die ihm den Kragen richtete und die Krawatte umband.

So erschienen sie um halb neun in der Bauernstube zum Frühstück.

Marianna neckte die beiden: „So, ihr Glücklichen. Wie soll ich nur den Tag überstehen ohne meinen Lois? Kommt mir nur pünktlich wieder zurück!"

Kurz darauf stand Mariannas Schwager, Michael, in der Tür und scherzte, das Taxi sei startklar.

Inzwischen war auch die alte Bäuerin aufgestanden, um sich von den beiden zu verabschieden. Sie flüsterte Evi ins Ohr, dass sie für sie beide beten würde.

Evi war so gerührt, dass sie Walburga Schmid herzlich umarmte und sich dann fröhlich winkend zum Auto begab.

Toni nahm vorn neben Michael Platz, Evi machte es sich hinten gemütlich. Neben ihr lag ein prächtiger Strauß Blumen, die sie im Morgengrauen gepflückt hatte.

Die Sonne war schon lange über dem Pustertal aufgegangen, aber jetzt hatte sie auch die letzten Schattenbereiche erreicht, und vor ihnen lag, im schönsten Blütenkleid des Frühsommers, die Kleinstadt Bruneck.

Michael lieferte sie pünktlich ab, damit sie um zehn Uhr am Hausgottesdienst teilnehmen konnten. Im Stil eines englischen Chauffeurs ging er nach hinten, öffnete die Tür und half Evi beim Aussteigen.

Toni und er hatten sich inzwischen darauf verständigt, dass er sie um vier Uhr nachmittags wieder abholen würde. Da Michael selbst heiß verliebt war, fuhr er sofort weiter zu seiner Freundin nach Innichen.

Die beiden jungen Leute wurden vom Hausherrn freundlich empfangen. Er umarmte seine Tochter und schüttelte Tonis Hand mit einem herzlichen Willkommensgruß.

Gottlieb Stocker war von großer Gestalt, kräftig gebaut und breitschultrig. Sein volles Haar war sorgfältig gescheitelt und seine bärige Baritonstimme fiel Toni sofort auf: Der war der richtige Chef für die Arbeiter im Dolomit-Natursteinwerk! Gleichzeitig bemerkte Toni in der Art, wie Gottlieb Stocker seine Tochter umarmte, etwas Zartes, Weiches und Fürsorgliches.

Sie betraten die große Eingangshalle des sehr geschmackvoll im altenglischen Stil eingerichteten Hauses. Es gab schwere dunkle Ledersessel, typische schottische Muster auf Polstern und Vorhängen. Ein dezent beleuchteter Glasschrank war randvoll mit schottischen Getränken in aufwendig gestalteten Flaschen.

So etwas hatte Toni noch nie gesehen. Und er hatte absolut keine Ahnung, welche „Säfte" darin aufbewahrt wurden.

Da kam auch schon Evis Mutter mit starrer Miene die Treppe herunter. Sie begrüßte ihre Tochter distanziert und nahm Toni nur beiläufig zur Kenntnis, ohne ihm in die Augen zu schauen. Mit einem eher kühlen „Herzlich willkommen" bat sie die Gäste, Platz zu nehmen.

Frau Stocker wirkte spröde auf Toni. Sie hatte nichts Freundliches in ihrem Wesen, nichts Sanftes in der Stimme. Sie war schlank wie eine Turnerin und wirkte in ihrem schwarzen Kostüm und den kunstvoll hochgesteckten Haaren sehr unnahbar.

Toni sah sofort, dass Evi mehr von ihrem Vater als von ihrer Mutter hatte. Und er wusste, dass diese Frau ihn bereits abgelehnt hatte, ohne auch nur ein einziges Wort mit ihm gewechselt zu haben. Evi wurde von allen Gästen freundlich begrüßt, Toni hingegen fühlte sich nicht ganz wohl in seiner Haut. Aber Evi nahm ihn mit zu den freien Plätzen. Sie erklärte ihm, dass die Kinder während des Gottesdienstes draußen im Garten spielen, fröhlich ihre Lieder singen und eine biblische Geschichte hören würden.

Um zehn Uhr setzte sich Frau Stocker an den Flügel und spielte ein kurzes Präludium zum ersten Choral „Gott ist gegenwärtig". Die kleine Hausgemeinde sang kräftig mit, sogar mehrstimmig.

Danach eröffnete der Hausherr die Liturgie mit den Worten: „Im Namen des Vaters, des Sohnes und des Heiligen Geistes, amen. Unsere Hilfe steht im Namen des Herrn, der Himmel und Erde gemacht hat."

Diese Worte waren Toni vertraut, denn er kannte sie von der katholischen Messe.

Herr Stocker begrüßte die Gäste namentlich, machte ein paar launige Kommentare und vergaß auch nicht, seine Tochter Evi namentlich zu erwähnen. Dann ging Frau Stocker nach vorne und las den Psalm des Sonntags. Ihr Gesicht verriet nichts von der Spannung, in der sie sich angesichts des Besuches aus Terenten fühlte. Danach traten drei von Evis Schwestern auf und spielten ein wunderschönes Flötenstück.

Es beeindruckte Toni sehr, dass sich die ganze Familie an der Gestaltung des Gottesdienstes beteiligte.

Nachdem Evis ältester Bruder den Predigttext aus dem Johannesevangelium gelesen hatte, forderte der Hausherr zu einer „Gebetsgemeinschaft" auf. Toni war gespannt, was das sein sollte. Ohne irgendeine Vorgabe beteiligten sich nun einige Gäste spontan am Gebet, indem sie ihre Bitten, aber auch ihren Dank laut äußerten.

Anschließend wurde noch ein Lied gesungen, und dann stand Herr Stocker auf und begann, den Bibeltext „auszulegen", wie er das nannte. Dabei wirkte er überhaupt nicht pastoral und feierlich, sondern eher kameradschaftlich. Er redete mit den Anwesenden auf Augenhöhe und verzichtete auf komplizierte Fachbegriffe.

Am Ende der dreißigminütigen Predigt lud er die Hausversammlung ein, sich mit Glaubenserfahrungen der letzten Woche am Gottesdienst zu beteiligen. „Was habt ihr mit Gott erlebt?", fragte er seine Zuhörer.

Daraufhin erzählten einige Gottesdienstbesucher von ihren Gebetserhörungen und Glaubenserlebnissen. Das beeindruckte Toni zutiefst. So etwas kannte er nicht.

Nach dem offiziellen Teil machte auch niemand Anstalten, möglichst schnell wegzukommen, wie Toni es von der katholischen Messe in Terenten gewöhnt war. Dort war die Kirche fünf Minuten nach dem Orgelnachspiel wie leer gefegt, obwohl keiner Feueralarm gegeben hatte.

Hier hingegen fühlten sich die Gäste sichtlich wohl und blieben gerne noch eine Weile. Zwei Hausmädchen servierten Tee und Kaffee, dazu leckeres Gebäck. Evi machte Toni ganz ungezwungen mit ihren Schwestern und Brüdern bekannt. Diese gaben sich freundlich und nett, aber Toni war trotzdem sehr unsicher, was sie wirklich über ihn dachten.

Gegen zwölf Uhr lichteten sich die Reihen, weil sich die Gäste allmählich verabschiedeten, und bald war die Familie für sich allein.

Die Bediensteten hatten am Nachmittag frei, sodass Frau Stocker mit ihren Töchtern den Tisch deckte und das Essen auftrug.

Als alle am Tisch saßen, erhob sich der Hausherr und begrüßte noch einmal besonders „Herrn Anton Hinteregger – einen Arbeitskollegen von unserer Tochter Evi", wie er hinzufügte. Toni wusste nicht, wo er hinschauen sollte.

Aber Evi, die direkt neben ihm saß, ergriff schnell das Wort: „Papa, ich korrigiere dich nicht gern, aber Anton Hinteregger ist mein Freund, nicht nur mein Arbeitskollege."

Da lachten die Schwestern und Brüder und nach einer kurzen Schrecksekunde fiel der Hausherr mit in das Gelächter ein. Nur seine Frau saß wie in Gips gegossen am Tisch und verzog keine Miene.

Jetzt war das Eis gebrochen, jedenfalls für den Großteil der Familie. Und Gottlieb Stocker ermutigte Anton, sich doch selbst vorzustellen. Evi freute sich, dass Tonis Sprachfehler schon so weit überwunden war, dass er kaum noch auffiel.

Toni war etwas unsicher und sein Blick suchte Evi.

Doch die strahlte ihn nur ermutigend an.

„Ja, mein Name ist Anton Hinteregger, aber alle nennen mich Toni. Ich bin Hirte auf der Raffaltalm und kümmere mich im Sommer um die Bewirtschaftung der Hochalm oberhalb von Terenten. Ich betreue 60 Stück Vieh. Nebenbei beschäftige ich mich mit Literatur. Ich freue mich sehr, Evis Familie heute kennenzulernen. Wir lieben uns nämlich!"

Evi umarmte ihn spontan, wobei sie gleichzeitig hinüber zu ihrer Mutter sah und deren versteinertes Gesicht bemerkte.

Einer von Evis Brüdern verwickelte Toni nun in ein Fachgespräch. Er hatte in Innsbruck Agrarwissenschaften studiert und hatte spezielle Fragen zur Almwirtschaft. Toni war froh, dass er sich auf einem Gebiet einbringen konnte, auf dem er sich auskannte.

Nach dem Dessert ging Herr Stocker auf Toni zu, hakte ihn unter und schob ihn aus dem Speisezimmer hinaus auf die Terrasse.

„Lieber Anton, wir freuen uns mit Ihnen über Ihr Glück, aber wir beide sollten unter Männern mal ein Wort zusammen reden: Sehen Sie, Anton, wir wollen unserer Tochter alle erdenklichen Chancen mit auf den Lebensweg geben. Wir würden sie gern ermutigen, sich zunächst als Au-pair in einer Familie in London zu bewähren, um mit ihrem Schulenglisch weiterzukommen. Und dann würden wir ihr gern ein Studium in Oxford empfehlen. Unsere Tochter Evi ist sehr begabt, und es wäre unverantwortlich, sie nicht entsprechend zu fördern. Und wenn Sie Evi von Herzen lieben, dann haben Sie sicher Verständnis dafür.“

Toni war dankbar, dass Herr Stocker das Problem offen angesprochen hatte, aber er erschrak auch über das, was da auf ihn zukommen sollte. Deshalb schwieg er eine Weile betreten, bevor er sich zu einer Antwort aufraffen konnte: „Ich danke Ihnen sehr für Ihre Offenheit, aber Sie verstehen sicher auch, dass der Gedanke an eine Trennung für mich nicht einfach ist.“

„Na ja“, entgegnete Herr Stocker nüchtern, „wir denken, dass Evi zunächst einmal für zwei Jahre in England sein wird.“

Daraufhin sackte Toni regelrecht in sich zusammen.

Gottlieb Stocker sah Tonis stille Verzweiflung. Er legte ihm die Hand auf die Schulter und sagte: „Wenn es dem Willen Gottes entspricht, dann werden Sie wieder zusammenfinden!“

Toni bat um Verständnis dafür, dass er diese Tatsache erst einmal verkraften müsse. Er ging nach draußen und hoffte, Evi im Garten zu finden.

Von ihren Brüdern erfuhr er jedoch, dass sie sich oben bei ihrer Mutter aufhielt. Die Brüder spürten, dass der junge Mann ganz durcheinander und aufgewühlt aus dem Gespräch mit ihrem Vater gekommen war. So ließen sie ihn eine Weile allein in der kleinen Laube am Ende des Gartens sitzen.

Er blieb dort, bis Evi auf ihn zugelaufen kam und ihn in die Arme schloss. Aber Toni war zu keiner Reaktion fähig. Er starrte nur stumm vor sich hin. Evi setzte sich auf seinen Schoß und umarmte ihn innig, aber er ließ es lediglich mit sich geschehen.

Sie waren beide froh, dass es nicht mehr lange dauerte, bis Michael pünktlich eintraf.

Die Verabschiedung von den Eltern und Geschwistern verlief ungezwungen und freundlich, selbst Frau Stocker hatte sich ein Lächeln abgerungen. Sie sagte sich im Stillen, dass der Viehhirte von der Alm vorläufig nicht mehr bei ihnen auftauchen würde. Und damit sollte sie recht behalten.

Auf der Fahrt nach Terenten fiel kaum ein Wort. Michael hatte das Herz voll und hätte gern ein wenig berichtet, aber er ahnte, dass Toni vor einem schweren Weg stand. Kaum hatten sie den Raffalt-hof erreicht, zog Toni sich um und hatte es sehr eilig, wieder auf die Alm zu kommen.

Während Toni die letzten Vorbereitungen für seine Rückkehr zur Alm traf, saß Evi auf ihrem Bett. Sie weinte stumm, zerrissen zwischen den Erwartungen ihrer Eltern und der Liebe zu Toni. Sie ahnte, dass ein ungemein schwerer Weg vor ihnen lag. Obwohl sie Toni heiß und innig liebte, faszinierte sie auch die Vorstellung, nach London zu gehen, und der Wunsch, diese Chance zu ergreifen, war in den letzten Wochen immer stärker in ihr geworden.

Dass dies aber gleichzeitig eine räumliche Trennung von Toni bedeuten würde, das war ihr klar, und diesen Gedanken konnte sie kaum aushalten.

Toni verabschiedete sich kurz und bündig von ihr. Das war

für Evi schlimmer, als wenn er sich enttäuscht geäußert hätte. Sie kannte ihn genau und wusste, was in ihm jetzt vorging.

Er startete die Geländemaschine und fuhr davon, ohne sich noch einmal nach ihr umzudrehen.

Oben auf der Alm war Alois Schmid schon abfahrbereit. Die beiden Männer wechselten nur wenige Worte, aber Toni bedankte sich herzlich für den freien Tag, den ihm der Raffaltbauer genehmigt hatte.

Alois fragte nicht nach, wie der Tag verlaufen sei; er ahnte es bereits, und Toni wäre auch nicht in der Lage gewesen, ihm davon zu berichten.

Es vergingen genau zwei Tage, bis Evi den Druck einfach nicht mehr aushielt und sich nach Feierabend mit dem Rucksack allein auf den Weg machte. Sie musste den Abend mit Toni verbringen, und sie hoffte, dass er sie in der Dunkelheit noch hinunterbegleiten würde. Sie marschierte zügig los und war um halb sieben auf der Alm.

Toni saß mit hängenden Schultern auf der Bank vor der Hütte. Sein Körper bildete seinen inneren Zustand äußerlich ab.

Als er Evi kommen sah, richtete er sich auf und spürte mit einem Mal eine unbändige Kraft in sich, um zu kämpfen, einfach für das Beste in seinem Leben zu kämpfen.

Sie lagen sich in den Armen, und es dauerte nicht lange, bis sie unter Tränen zu reden begann. Sie mussten sich endlich aussprechen.

„Evi, unsere Liebe hat mein Leben verändert, ich bin aus der Resignation, aus der Verzweiflung, aus der Selbstverachtung herausgekommen", sagte Toni leise. „Du hast mich von meiner Vergangenheit erlöst. Du hast mir alles, was mir gefehlt hat, geschenkt und mich damit zu einem Menschen gemacht, der sich noch nicht mal zu schämen braucht, als einfacher Viehhirte die Tochter des Herrn Direktor Stocker zu lieben. Du hast aus meiner Verzweiflung Freude gemacht, du hast mir die Schönheit der Liebe gezeigt, und du hast aus mir einen Mann gemacht, der das Beten gelernt hat."

Evi rang mit ihren Gefühlen und fand zunächst keine Worte, um auszudrücken, was sie für diesen wunderbaren Mann empfand. Schließlich flüsterte sie: „Toni, was du da gesagt hast, werde ich mein Leben lang nicht vergessen. Ich liebe dich und ich werde dich immer lieben. Unsere Liebe wird jetzt geprüft, und vielleicht ist es ganz gut für uns beide, wenn wir uns eine Weile nicht sehen. Vielleicht ein halbes Jahr, bis ich zum ersten Mal zum Urlaub nach Hause komme.

Nur, weil ich um deine Liebe weiß, kann ich mich jetzt von dir losreißen. Es fällt mir unsagbar schwer, aber ich weiß, dass ich diesen Weg jetzt gehen muss!"

Toni hatte nicht damit gerechnet, dass es jetzt schon so konkret werden würde. Erschrocken fragte er, wann Evi ihre Arbeit auf dem Raffalthof beenden würde.

„Ich habe dem Raffaltbauern bereits meine schriftliche Kündigung überreicht. Glaub mir, es fällt mir alles so schwer, denn ich habe Familie Schmid so viel zu verdanken. Sie waren so verständnisvoll und gut zu mir. Und sie haben mir die Zeit mit dir ermöglicht und alles getan, dass wir uns finden konnten."

„Wann wirst du nach England gehen?"

Evi musste sich dazu überwinden, jetzt endgültig Farbe zu bekennen. „Ich werde bereits am Samstag mein Zimmer auf dem Hof räumen und zurück in mein Elternhaus gehen. Danach habe ich zwei Wochen Zeit, mich zu Hause auf England vorzubereiten. Dann werde ich mit der Bahn von Franzensfeste über Innsbruck, München, Frankfurt und Köln nach Calais reisen und von dort mit der Fähre nach Dover.

Ich werde dir jede Woche schreiben und dich so oft wie möglich anrufen. Und ich vermisse dich jetzt schon so sehr, dass ich nicht weiß, wie ich das durchhalten soll. Aber ich spüre auch, dass ich diesen Weg jetzt gehen muss. Und wenn Gott mit uns ist, werden wir das schaffen. Du hier und ich dort. Gott wird unsere Liebe beschützen, daran halte ich fest."

Da schluchzte Toni laut auf. Sein ganzer Körper bebte unter der Last, die ihm viel zu schwer erschien.

Evi hing an seinem Hals und küsste ihm die Tränen vom Gesicht. Es war inzwischen dunkel geworden. Wie gern würde sie die Nacht mit Toni verbringen, aber sie wusste, dass dadurch alles nur noch schwerer werden würde.

Darum schulterte sie still ihren Rucksack und bat Toni, sie hinab ins Dorf zu begleiten. Es war schon zehn Uhr, als sie auf dem Raffalthof ankamen. Auf dem Weg hatten sie nichts miteinander geredet, sondern waren schweigend Hand in Hand zügig abgestiegen. Der Schmerz saß so tief, dass sie beide entschlossen waren, sich jetzt ohne langen Abschied voneinander loszureißen. Toni hatte noch den Aufstieg vor sich.

Evi verschwand wortlos im Haus und Toni setzte sich mit schwerem Schritt in Bewegung. Es dauerte lange, bis er wieder auf der Alm ankam.

Als er erschöpft in die Kissen sank, wurde ihm bewusst, dass er kein weiteres Treffen mit Evi vereinbart hatte. Aber er wollte ihr jetzt die Freiheit lassen, sich auf dem Raffalthof zu verabschieden und sich in ihrem Elternhaus auf die Ausreise vorzubereiten.

Es wurde eine schlaflose Nacht, sodass Toni am nächsten Morgen schon um fünf Uhr mit seinem Tagwerk begann. Die Routine vermochte seine Sorgen wenigstens ein bisschen zu betäuben.

Marianna Schmid hatte am Abend das leise Schlagen der Haustür bemerkt und wusste, dass Evi zurückgekehrt war. Ihr Mann Alois war auch noch wach. „Lois, können wir nicht dem Toni ein paar Tage Urlaub geben, damit er noch einmal nach Bruneck gehen kann? Vielleicht will er sogar die Evi zum Bahnhof in Franzensfeste begleiten."

Alois war sofort einverstanden und meinte, dass sein Bruder Michael die Alm für drei bis vier Tage übernehmen könne. Er hatte ohnehin vor, Kraftfutter und Lecksteine mit dem Traktor hinaufzubringen, dann würde er Toni diesen Vorschlag unterbreiten.

Als der Raffaltbauer am anderen Tag gegen Mittag auf die Alm kam, machte Toni einen verstörten Eindruck.

Alois setzte sich zu ihm vor die Hütte und erzählte ihm von dem Vorschlag seiner Frau, ihm ein paar Tage Urlaub zu geben, damit er diese vorerst letzte Zeit mit Evi nutzen könne.

Toni war sichtlich berührt und bedankte sich von Herzen, doch er wollte nur am Tage von Evis Abreise noch einmal nach Bruneck fahren. So vereinbarte er mit Alois, dass Michael ihn dann für 24 Stunden ablösen sollte.

Der Raffaltbauer spürte, dass er Toni jetzt nicht zu ein paar Urlaubstagen überreden konnte. Es war alles schwer genug für diesen geplagten Mann.

Während Alois das mitgebrachte Material im Keller verstaute, zog Toni sich zurück in die Kammer und schrieb Evi einen kurzen Brief, den Alois morgen zur Post geben sollte.

Der Abschied war kurz, aber herzlich – wie unter Freunden. Alois und Toni waren in mancher Hinsicht längst zu Brüdern geworden.

Unerbittlich verstrich ein Tag nach dem anderen und schließlich stand Evis Abreise nach England kurz bevor. Toni wollte sich mit ihr nicht in ihrem Elternhaus, sondern in einem kleinen Café in der Innenstadt treffen.

Die Ablösung auf der Alm kam wie vereinbart, und Toni informierte Michael kurz über den Stand der Dinge: Eins der Kälber bedurfte besonderer Fürsorge, weil es sich am Huf verletzt hatte. Michael sollte den Zinkleimverband erneuern und das Tier im Auge behalten.

Als Toni auf dem Raffalthof eintraf, wurde ihm schmerzlich bewusst, dass Evi nicht mehr auf dem Hof war. Ihr Zimmer war schon für ein anderes Hausmädchen vorbereitet, das in wenigen Tagen eintreffen sollte.

Marianna hatte ihm seinen Anzug gebügelt und das passende Hemd an den Haken gehängt. Sie hatte diese Fürsorge für ihn ganz selbstverständlich übernommen. So verschwand Toni in seinem Winterzimmer, um sich umzuziehen. Er würde den Postbus nehmen, der ihn auch wieder zurückbringen sollte.

Um zwei Uhr stand er an der Haltestelle in der Dorfmitte. Der Bus kam pünktlich und beförderte ihn zu einer der größten Herausforderungen seines Lebens: dem Abschied von Evi.

Toni versuchte, sich selbst zu beruhigen, indem er sich einredete, es sei ja nur vorübergehend, vielleicht für ein halbes Jahr. Und wenn sie aus irgendeinem Grund nicht zurückkommen konnte, würde er alle seine Ersparnisse nehmen und nach London reisen, um sie zu treffen. Ihre gemeinsame Zukunft lag sicher in Gottes Hand, daran wollte er sich klammern.

Bei schönstem Herbstwetter fuhr der Bus Richtung Bruneck. Und hinten saß ein in sich versunkener junger Mann und kämpfte mit den Tränen. Es gab keinen Plan B, keinen Aufschub und keinen Schongang. Dieser Weg musste bewältigt werden, weil es keinen anderen gab.

In Bruneck angekommen, fand Toni schnell den Weg zum verabredeten Café. Er nahm draußen auf der Terrasse Platz, um Evi empfangen zu können, wenn sie eintraf. Sie ließ auch nicht lange auf sich warten: Die hübsche junge Frau flog ihm um den Hals, herzte und küsste ihn, dass die Damen und Herren auf der Terrasse von ihrem feinen Gebäck aufsahen, um sich aus der Distanz am Glück der beiden jungen Leute mitzufreuen.

Sie bestellten Kaffee und Eiscreme mit Sahne, hielten sich an den Händen und schauten einander verliebt in die Augen. Evi plauderte unbekümmert, um Toni erst gar nicht die Gelegenheit für trübsinnige Gedanken zu geben: „Toni, das ist meine Adresse in London, und hier die Telefonnummer meiner Gastgeberfamilie. Wenn irgendetwas Dringendes sein sollte, kannst du mich über diese Telefonnummer erreichen, ansonsten werden wir viel schreiben, oder?"

„Ja", sagte Toni, „ich habe mich bereits mit Briefpapier eingedeckt."

Sie lachten und scherzten, aber in beiden baute sich der Schmerz auf, der unvermeidbar den Abschied ankündigte.

„Willst du nicht doch noch mit nach Hause kommen?"

Nein, das wollte er nicht. Er hatte genau eine Stunde eingeplant, und diese Zeit wollte er nicht überschreiten, um den quälenden Abschied nicht noch weiter in die Länge zu ziehen.

Dann sagte Evi einige Worte, die sich tief in sein Gedächtnis eingruben: „Toni, ich liebe dich und ich werde dich immer lieben. Ich weiß nicht, wann ich zurückkommen werde, aber ich werde in meinen Gedanken und Gebeten jeden Tag bei dir sein. Spätestens in einem Jahr will ich für ein paar Urlaubstage nach Bruneck kommen. Dann werden wir weitersehen."

Der junge Mann war fast ein wenig beleidigt, als er erkennen musste, dass Evi sich in gewisser Weise auch auf diesen neuen Lebensabschnitt freute. Gleichzeitig half ihm dies jedoch, jetzt nicht zu klagen, sondern die Herausforderung der bevorstehenden Trennung anzunehmen.

Deshalb nickte er nur, nahm sie in die Arme und flüsterte verlegen ein „Gott behüte dich!" in ihr duftendes Haar. Er musste sie gehen lassen, es musste jetzt sein. Jede Verzögerung würde den Schmerz nur noch vergrößern.

Er blieb noch eine Weile auf der Terrasse sitzen, während Evi um die nächste Ecke verschwand. Alles in ihm drängte danach, ihr hinterherzulaufen, aber er musste jetzt stark bleiben. So war es gut. So war es richtig, so war es verkraftbar, auch für Evi.

Der Bus kam pünktlich, und eine Stunde später war er bereits auf dem Raffalthof, wieder umgezogen und früher als geplant bereit, noch an diesem Abend hinauf auf die Alm zu fahren.

Alois und Marianna standen in der Haustür und winkten ihm hinterher. Dann nahm Alois seine geliebte Frau in die Arme und flüsterte ihr ins Ohr: „Ich würde verrückt werden. Ein Tag ohne dich, mehr geht gar nicht. Der arme Toni. Hoffentlich tut er sich nichts an."

Michael war erstaunt, dass Toni so bald wieder zurück war. Sie plauderten noch ein wenig über das verletzte Kalb, das Michael mit einem neuen Verband versorgt hatte, und über das Wetter, bis Michael sich in der Abenddämmerung auf den Rückweg machte.

Toni prüfte noch einmal die Zäune, verschaffte sich einen Überblick über die Herde und ging zum Abendmelken in den Stall, wo die vier Milchkühe standen, die auch zu seiner Versorgung da waren. Morgen würde er Käse machen.

Einige Zeit später fiel er todmüde ins Bett, griff unter das Kissen und zog das duftende Tüchlein hervor, das in ihm die schönsten Fantasien erzeugte und ihn schließlich in den Schlaf schickte.

Evis Vater ließ es sich nicht nehmen, seine Tochter nach Franzensfeste zum Bahnhof zu bringen. Von dort würde sie mit der Bahn über Innsbruck, München, Frankfurt und Köln nach Calais reisen und die Fähre nehmen.

Der Abschied von Theresa Stocker war weniger herzlich: Evi wusste, dass die Mutter ihren Toni nie und nimmer akzeptieren würde. Das stand wie eine Wand zwischen ihnen. Aber Theresa Stocker war zufrieden, denn ihr Plan war aufgegangen: Sie hatte dafür gesorgt, dass die beiden Verliebten wenigstens räumlich getrennt wurden.

Ihr Vater versprach ihr, sich hin und wieder um Toni zu kümmern. Am Bahnhof segnete er sie, indem er ihr die Hände auf den Kopf legte und leise diese Worte sprach: „Es behüte dich der dreieinige Gott: der Vater, der Sohn und der Heilige Geist. Amen!"

Trennung

Monate waren ins Land gegangen. Toni hatte mal wieder seinen Trennungsschmerz durch einen Brief gelindert, dem er ein paar getrocknete Frühlingsblumen beigelegt hatte.

Evi schrieb etwa ein Mal in der Woche. Ihre Briefe waren wie frisches Wasser für die Durststrecke, die noch vor ihm lag.

Doch in letzter Zeit gab es etwas, das ihn zunehmend beunruhigte: Evi schrieb von einer Gruppe, die das baldige Ende der Welt prophezeite. Sie erwähnte immer öfter den Namen Richard Mac Cormick. Der sei ein besonders begabter Redner, der die Menschen vor dem Weltuntergang warnen würde.

Toni verstand wenig von solchen Dingen, aber er spürte, dass seine Evi unter den Einfluss eines Mannes geraten war, der ihr nicht guttat. Sie schien sehr zu ihm aufzuschauen und berichtete in ihren Briefen von den Zeichen der Endzeit, die Richard Mac Cormick als deutliche Hinweise des drohenden Weltuntergangs bezeichnet habe.

Toni war das alles fremd, und er spürte ein derartiges Unbehagen, dass er sich allmählich ernsthafte Sorgen um Evi machte. Ob ihre

Eltern davon wussten? Ihr Vater war doch ein begabter Laienprediger. Er musste sich doch in solchen Dingen auskennen.

Aber Toni hatte nicht den Mut, auf Herrn Stocker zuzugehen. Er besuchte auch nicht den Hausgottesdienst, obwohl Evis Vater ihn dazu herzlich eingeladen hatte, denn er wollte nicht unter die Augen von Frau Stocker treten. Sie hatte auf der Trennung bestanden und sie hatte ihren Willen bekommen.

Als dann jedoch immer seltener Briefe von Evi kamen, wurde er noch unruhiger. Hatte sie früher wöchentlich geschrieben und in ihren Briefen immer wieder ihre tiefe Liebe und Bewunderung für Toni zum Ausdruck gebracht, so wurden ihre Zeilen jetzt sachlicher, emotionsloser und handelten hauptsächlich von diesem Richard Mac Cormick von „Last Days Convention".

Irgendwann war keine Rede mehr von einem Treffen, kein Wort mehr zum Thema Urlaub in Bruneck. Und dann brach der Briefwechsel mit Evi schlagartig ab. Sie meldete sich einfach nicht mehr.

Toni litt unsäglich unter dieser Entwicklung und machte sich große Sorgen. Jeden Morgen und jeden Abend betete er inständig, dass Gott seine geliebte Evi bewahren möge. Und er schrieb weiterhin eifrig jede Woche seinen Brief, berichtete von den Erlebnissen auf der Alm, vom Wetter, von der Heuernte, der Vorfreude auf den Winter, wo er wieder mehr Zeit zum Lesen haben würde.

Er war auf seiner Entdeckungsreise in die weite Welt der Literatur schon sehr weit gekommen; ein großer Teil seines bescheidenen Salärs wurde für Bücher ausgegeben. Die meisten blieben in einem grob gezimmerten Regal in seinem Winterquartier stehen, aber einige zogen mit auf die Sommeralm.

Da Toni sich nicht anders zu helfen wusste, nahm er nach einiger Zeit Kontakt zu einer Beratungsstelle in Innsbruck auf, die sich europaweit mit der Entwicklung von politischen und religiösen Sekten beschäftigte. Dort erfuhr er schließlich mehr über die Gruppe, in die Evi offenbar hineingeraten war.

Der Leiter der Beratungsstätte hatte von dieser Organisation in London gehört, auch von ihrem Repräsentanten Mac Cormick. Dieser Mann sei dafür bekannt, dass er Angst verbreite, um dann die Angst auszutreiben und damit Geld zu verdienen. Seine Gruppe bestünde vorwiegend aus jungen Leuten, die sich reihum in den Wohnungen trafen und sich auf das drohende Weltende einstellen wollten. Sie seien der festen Überzeugung, dass sie sich nun unbedingt um ihren Messias Mac Cormick scharen müssten, der sie vor dem Untergang bewahren würde.

Toni war völlig verwirrt, woraufhin der Leiter der Beratungsstätte anbot, ein Telefonat mit Evis Gasteltern in London zu vermitteln.

Toni konnte inzwischen Englisch lesen und verstehen, nur in der Konversation boten sich kaum Gelegenheiten zum Training. Eine jüngere Schwester des Raffaltbauern sprach ein hervorragendes Englisch, sodass er auf die Wintermonate hoffte, in denen er sich vielleicht wieder mit ihr unterhalten konnte.

Gerne nahm er das Angebot an und trug seine Bitte in einem ordentlichen Englisch mit Südtiroler Färbung vor.

Die Gasteltern waren sehr freundlich und informierten ihn, dass ihr deutsches Au-Pair Evi überraschend ausgezogen sei und ihren Dienst beendet habe. Sie hätten sie nicht aufhalten können. Sie sei zu einer christlichen Gruppe übergetreten, die allerdings eher an eine Sekte als an eine Kirche erinnern würde.

Nun entschloss sich Toni, mit Evis Vater persönlich zu sprechen. Deshalb fuhr er mit dem Bus Richtung Cortina und erreichte so die Dolomit-Natursteinwerke. Die Dame an der Rezeption des Verwaltungsgebäudes, das natürlich mit dem schönsten Dolomit verkleidet war, brachte ihn zum „Herrn Direktor Magister Stocker".

Toni kam gleich zur Sache: „Ich bekomme keinen Kontakt mehr zu Ihrer Tochter, lieber Herr Stocker. Ich weiß inzwischen, dass sie an einen unbekannten Ort verzogen ist, aber offensichtlich weiterhin in London wohnt."

Gottlieb Stocker ließ sich in einen großen Ledersessel fallen und bot Toni einen Platz an. „Ja, wir sind auch in großer Sorge um unsere Tochter. Wir haben keinerlei Kontakt mehr zu ihr. Sie scheint unter den Einfluss des Sektenführers geraten zu sein, der ihr nahegelegt hat, alle Kontakte abzubrechen. Wir wissen nicht, wo wir sie erreichen können, und sind seit Wochen sehr beunruhigt. Ich habe sogar schon erwogen, persönlich nach London zu reisen und mich auf die Suche zu begeben.

Aber noch hoffen und beten wir, dass Evi sich von alleine meldet und den Kontakt mit uns sucht. Und übrigens, lieber Anton: Ich würde mich sehr freuen, wenn Sie während der Winterzeit unseren Gottesdienst besuchen würden. Sie sind uns jederzeit herzlich willkommen."

Nachdem Toni versprochen hatte, sich bald einmal im Hause Stocker einzufinden, machte er sich wieder auf den Heimweg – um eine Einladung reicher, aber auch mit einer noch größeren Last auf dem Herzen. Er war froh, dass die Beratungsstelle in Innsbruck diese Gruppe in London weiter beobachten und ihn und Evis Eltern informieren würde. Er musste ja leider davon ausgehen, dass Evi sich nicht mehr bei ihm melden würde.

Sie hatte ihm Treue geschworen und ihm Hoffnungen auf ein baldiges Wiedersehen gemacht, aber nun offensichtlich den Kontakt zu ihm bewusst abgebrochen. Das konnte nur bedeuten, dass sie unter die Gewalt eines gefährlichen religiösen Fanatikers geraten war, der eine derartige Macht über sie ausübte, dass selbst die Liebe ihres Lebens, ihr Elternhaus und ihre Freundschaften dahinter zurückstehen mussten.

Der Raffaltbauer ahnte, dass etwas passiert war, als Toni von seinem Gespräch mit Evis Vater zurückkehrte. Marianna hatte gerade frischen Kuchen gebacken und bat Toni noch zu einer Tasse Kaffee auf die Terrasse.

Toni machte nur ein paar Andeutungen, aber die reichten schon, um Alois und Marianna in große Sorge zu versetzen. Welch eine Gewalt musste dieser Sektenführer ausüben, dass diese zuverlässige junge Frau alles, was ihr lieb und teuer gewesen war, über Bord geworfen hatte?

Warten

Toni war mal wieder mit der Heuernte beschäftigt. An den Steilhängen konnte er nur mit der Sense mähen, für die flacheren Bereiche benutzte er einen motorgetriebenen Mähbalken. Abends sank er völlig verschwitzt in den Waschtrog vor der Hütte und trocknete seinen müden Leib in der Abendsonne.

Es waren nun Jahre vergangen, in denen Evis Briefe ausgeblieben und alle seine Kontaktversuche ins Leere gelaufen waren. Seine einzige Hoffnung ruhte auf den Leuten von der Beratungsstelle in Innsbruck, die ihm versprochen hatten, über ihre Londoner Agentur weiterzuforschen. Noch hatte er sich kein Herz gefasst, die Familie Stocker aufzusuchen, aber im Laufe des kommenden Winters wollte er einmal einen Hausgottesdienst besuchen und bei dieser Gelegenheit fragen, ob sie etwas von Evi wüssten.

Alois und Marianna zeigten großes Mitgefühl. Sie hatten selbst erfolglos mehrere Briefe nach London geschickt und waren bekümmert, dass sie nicht mehr unternehmen konnten.

Doch sie ließen es sich nicht nehmen, jeden Sonntag am Nachmittag hinauf auf die Alm zu fahren, um mit Toni Kaffee zu trinken und frischen Kuchen zu essen. Im Sommer war der Weg mit dem Traktor ja gut befahrbar. Diese Besuche taten Toni gut und lenkten ihn ein bisschen von seinem Elend ab.

Evi und er waren so glücklich gewesen und nun lag die Zukunft völlig im Dunkeln. Würde es überhaupt etwas nützen, wenn er irgendwann tatsächlich Kontakt zu ihr bekäme? Sie würde die Sekte vermutlich trotzdem nicht verlassen.

Was da wohl passiert war, dass sie alle ihre Versprechungen im Blick auf eine gemeinsame Zukunft so rigoros gebrochen hatte, diese Frage peitschte ihn unerbittlich in die Schlaflosigkeit.

Immer wieder nahm er alte Briefe in die Hand, las die schönsten Passagen und hielt sich das Briefpapier ans Gesicht, obwohl die Spuren von Evis Parfüm längst verflogen waren.

Oder hatte er seinen Geruchssinn verloren? Früher konnte er verschiedene würzige Bergkräuter gegen den Wind riechen, jetzt wurde ihm immer mehr bewusst, dass seine Nase offenbar keine Düfte mehr wahrnahm. Aber es beunruhigte ihn nicht weiter, weil der schönste Geruch seines Lebens, Evis körperliche Nähe, sowieso außer Riechweite war.

Jedes Jahr begann er im September, die Hütte winterfest zu machen. Doch die Arbeit ging ihm immer schwerer von der Hand, weil er kein Ziel mehr hatte, auf das er zuleben konnte, keinen Menschen, der auf ihn wartete.

In den Nächten war es am schlimmsten, wenn er von der Sehnsucht nach körperlicher Nähe gepackt wurde. Er verzehrte sich so in seinem Schmerz um Evi, dass er nicht mehr richtig essen konnte und mit der Zeit mehrere Kilo abnahm. Die Schwermut griff nach ihm und lähmte ihn förmlich.

Am Ende der Hütesaison spürte er deutlich, dass seine Kraftreserven aufgebraucht waren. Jedes Jahr musste er den Berg ein paar Tage früher als gewöhnlich verlassen, weil er einfach nicht mehr konnte. Und der letzte Monat auf der Alm wurde immer mehr zur Qual.

So vergingen die Jahre im Sog der Verzweiflung. Er fühlte sich wie ein Verunglückter, der über einem Abgrund hing und sich nur noch an einem Büschel Gras festkrallte. Wie lange würde das Wurzelwerk halten?

Die Bäuerin Marianna hatte ihrem Alois bereits zwei süße Kinder geschenkt. Sie war froh, den Toni im Winter unten im Haus zu haben, weil er ihr viele Arbeiten abnahm. Zur Not stellte er sich auch an den Herd, kochte unter Anleitung der Chefin und kümmerte sich hernach um den Abwasch.

An einem schönen Wintertag war er bei strahlender Sonne mit Schneeräumen beschäftigt. Der Wind hatte hohe Schneewehen aufgetürmt, die Toni nun mit dem Allradtraktor auf die Seite schieben musste. Als er den Traktor in der Scheune abstellte, fuhr ein Auto auf den Parkplatz vor dem Haus. Der Mann hinter dem Steuer war ein deutscher Feriengast.

Während Toni von der Scheune Richtung Wohnhaus ging, spürte er, dass dieser Mann ihn aufmerksam beobachtete. Er taxierte ihn so genau, dass Toni sich wie ein Rindvieh fühlte, das von einem Gutachter vom Züchterverband beim Almabtrieb gemustert und prämiert wird.

Schließlich stieg der Mann aus und ging zur Eingangstür, wo er mit Toni zusammentraf und ihn freundlich grüßte.

Toni kannte ihn nur flüchtig. Er wünschte ihm eine schöne Zeit auf dem Hof und ging zur Küche, wo die Familie schon um den großen Tisch versammelt saß und gerade mit dem Essen beginnen wollte.

Marianna lud den Gast aus München spontan zum privaten Abendessen der Familie ein. Sie kannten ihn schon viele Jahre, denn er war mit seiner Familie Stammgast auf dem Raffalthof.

Nach dem Abendessen erkundigte sich der Besucher, ob er mit Herrn und Frau Schmid einen Moment reden könne. Da Mariannas Schwägerin gleich bei der Hand war, um das Geschirr zu spülen und die Küche aufzuräumen, konnten sich Alois und Marianna sofort mit ihm ins Wohnzimmer begeben.

Ohne lange Vorrede erklärte der Gast, dass er Arzt sei. Ihn würde sehr interessieren, ob ihnen bei ihrem Knecht Toni irgendetwas aufgefallen sei.

Alois und Marianna verneinten beide, sie konnten nur berichten, wie sehr er unter der Trennung von seiner Freundin leide und dass er keine Hoffnung mehr auf ein glückliches Ende habe. „Wieso, was ist los, worum geht es?"

„Ich denke", sagte der Gast, „Ihr Knecht ist vermutlich in der Frühphase einer Parkinsonerkrankung!"

Parkinson? Alois und Marianna schauten sich hilflos an.

Dem Arzt, der als Neurologe auf diese Krankheit spezialisiert war, war schon in dieser kurzen Begegnung auf dem Hof aufgefallen, dass Tonis linker Arm nicht natürlich hin- und herpendelte, sondern sich wie gelähmt an seinem Körper zu orientieren suchte.

Er könne das nicht hundertprozentig behaupten, aber es deute viel darauf hin, dass Toni Hinteregger tatsächlich neurologisch unheilbar krank sei. Diese Krankheit trete überwiegend bei Männern auf, allerdings erst jenseits von 60 Jahren. In wenigen Fällen sei die Krankheit schon im Alter von 30 Jahren aufgetreten.

Sie einigten sich, ihn jetzt noch nicht darauf anzusprechen. Aber der Arzt versprach, bei seinem nächsten Urlaub auf dem Raffalthof vorbeizuschauen und sich gegebenenfalls mit Toni zu beschäftigen.

Bald darauf hatten Marianna und Alois dieses Gespräch fast vergessen, denn sie erlebten ihren Knecht ganz natürlich und normal. In den Wintermonaten war er sehr mit sich selbst beschäftigt: Er hatte morgens Küchen- und Stalldienst, abends auch, aber nachmittags konnte er sich in seine Bücher vertiefen.

Toni blieb geduldig unter der Last der Ungewissheit, aber sein Glaube an ein gutes Ende begann allmählich zu schwinden. All die Jahre hatte er Evis Schweigen still ertragen, obwohl er allen Grund gehabt hätte, sich von ihr loszusagen und sich mit einer anderen Frau zusammenzutun. So hatte er seine wahrscheinlich besten Jahre einsam und abgeschieden auf der Alm zugebracht.

Was zunächst wie eine vorübergehende Ausnahme erschienen war, hatte sich zu einem Dauerzustand verfestigt, als würde es nun immer so bleiben.

Zweifel

Das lodernde Feuer ihrer so sicher geglaubten Liebe begann allmählich, in sich zusammenzufallen. Zuerst hatte Evi sich immer wieder dagegengestemmt, aber sie konnte das Gefühl zunehmender Gleichgültigkeit nicht mehr aufhalten.

Mac Cormick bestand immer mehr darauf, dass seine Sympathisanten die Brücken zur Verwandtschaft und zu alten Freunden abbrechen sollten. Er forderte klare Prioritäten. Die letzte Zeit des Planeten Erde sei angebrochen. Die Menschheit müsse gewarnt werden. Ohne jede fachliche Kompetenz und ohne jeglichen Verweis auf wissenschaftliche Quellen sagte er eine zunehmende Häufigkeit von Erdbeben voraus. Dies verkaufte er als „Zeichen der Zeit" und erschreckte damit nicht nur schlichte Gemüter, sondern auch die gebildete Schicht der Weltverbesserer, ob sie nun religiös oder eher humanistisch eingestellt waren.

Das dubiose Geschäft mit der Angst der Leute bescherte Mac Cormick neuen Zulauf, aber die Kerntruppe fing an, sich immer kritischer mit der L. D. C. zu beschäftigen und innerlich von ihr abzurücken.

Auch in Evi regten sich erste grundlegende Zweifel. Sie arbeitete hart im Studium der Medizin, aber ihr Privatleben stand immer noch im Banne des Endzeitpredigers. Der Gedanke, die untergehende Welt retten zu müssen, ließ sich nicht so einfach abschütteln. Mac Cormick plante mit seinem neuesten Projekt „Mission Exodus" den endgültigen Rückzug in die Wüste Negev im Süden Israels. Einige der Mitarbeiter der L. D. C. sollten schon als Vorhut nach Eilat am Golf von Akaba emigrieren, um eine Basis aufzubauen, von der aus sie das Ende der Welt erwarten wollten.

Einer, der auch zu dieser Kerntruppe „Mission Exodus" gehörte, war Manuel, ein junger Ingenieur aus Deutschland, der in London arbeitete. Er stammte aus einer traditionellen evangelischen Kirchengemeinde im schwäbischen Süddeutschland. Evi und er hatten sich oft über ihre religiöse Prägung unterhalten und dabei viel Gemeinsames entdeckt.

Sie kamen beide aus einem christlichen Glauben, der im moralischen Denken und Handeln stecken geblieben war. Sünde war hauptsächlich sexuelle Verfehlung. Der Glaube hatte keine politisch-öffentlichen Auswirkungen – man ging nicht auf die Straße, sondern frömmelte vielmehr im „stillen Kämmerlein" vor sich hin, freute sich seines Heils und wartete auf die Wiederkunft des Herrn Jesus Christus.

Gerade darum waren die beiden jungen Leute für die L. D. C. mit ihrem öffentlichen Wächteramt so empfänglich: Sie prangerte jedes Unrecht an, jede Missachtung der Menschenrechte, jede Vernachlässigung von Minderheiten. Eine Freiheit ohne Fremdbestimmung, ohne moralische Instanzen war verführerisch und erschien zudem viel vernünftiger als die strengen Prinzipien, die in der heimischen Gemeinde und im Elternhaus herrschten. Doch das Vertrauen in Mac Cormick löste sich dennoch ganz langsam, aber stetig auf.

Nach einigen Wochen gemeinsamer Arbeit mit Manuel am Projekt „Mission Exodus" erwachte in Evi ein Interesse, das weit über die Projektziele hinausging: Sie fühlte sich immer mehr zu diesem Mann hingezogen. Er war so charmant und so gebildet. *Einer aus feinem Haus*, dachte sie und sah ihre Mutter vor sich. Das wäre ein Mann nach ihrem Geschmack gewesen.

Mit der gleichen Intensität, mit der sie sich zu Manuel hingezogen fühlte, bäumte sich allerdings ihr Gewissen auf: Sie gehörte doch Toni. Nein, sie wollte widerstehen, sie wollte ihm treu bleiben. Sie versuchte, sich selbst zu beruhigen, und hoffte, dass diese merkwürdigen Gefühle von alleine wieder verschwinden würden. Doch je mehr sie sich gegen diese Gedanken wehrte, umso stärker wurde das Verlangen, mit diesem Mann zusammen zu sein. Toni war nicht nur äußerlich, sondern auch innerlich in weite Ferne gerückt. Nicht, dass sie ihn bewusst aufgegeben hätte, aber im Gegensatz zum Knecht des Raffaltbauern war Manuel einfach da. Greifbar, spürbar, sichtbar.

Von ihrer Wohnung aus konnte Evi das Stimmengewirr an den Obstständen des Wochenmarktes von Brixton hören. Vom nahen Glockenturm von St. James schlug es zwei Uhr, als sie eines Nachmittags vor das Haus trat. Die Händler klappten bereits lautstark ihre mobilen Tische zusammen und verstauten sie auf ihren Lieferwagen. Der indische Schuhputzer würde ihr gleich mit strahlendem Lächeln „You are looking so beautiful!" hinterherrufen.

Auch der pakistanische Gewürzhändler war charmant wie immer, wenn seine „Miss Germany" vorbeikam. Sie hatte es aufgegeben, ihm zu erklären, dass sie keine Deutsche war. „Do you have a boyfriend, Miss Germany?" So fragte er immer wieder und Evi warf ihm immer wieder lächelnd ein „No!" zu. Dann strahlte der Gewürzhändler unter seinem Turban und machte sich wieder ein wenig Hoffnung.

Wie sollte er auch ahnen, dass die hübsche junge Frau eines schönen Tages in Begleitung eines blonden Germanen zu seinem Stand kommen, einen Knicks machen und sagen würde: „Hi, this is my Mister Germany!" Und dann würde sie Gewürze kaufen – viel zu viele, aber sie musste ihren Freund aus Pakistan ja ein wenig trösten.

Sie hatten einen Treffpunkt verabredet, und vor einer halben Stunde hatte Evi sich vor den Spiegel ihres Schlafzimmers gestellt, aufgeregt wie ein Teenager beim ersten Date. Ihre Vernunft riet ihr zu einem gesitteten Outfit, aber ihr pochendes Herz verlangte etwas Gewagtes. Das Make-up tat ein Übriges.

Als sie die Straße entlangging, folgten ihr die Pfiffe einiger Jungs auf dem Weg zur U-Bahn. Manuel hatte ein indisches Restaurant ausgewählt, eine gute Adresse mit einer Art Biergarten.

Sie sah von Weitem, dass er schon da war. Sofort spürte sie eine innere Erregung, die sie noch nervöser machte, als sie es ohnehin schon war. Ein Schaufenster spiegelte ihr gerötetes Gesicht wider, und sie fragte sich, was da gerade passierte. *Evamaria, was ist mit dir los?*

Nachdem die beiden jungen Leute miteinander Curry-Teig-taschen mit Mango-Chutney gegessen hatten, unterhielten sie sich eingehend über das Projekt „Mission Exodus". Es war schon dunkel geworden, als Manuel fragte, ob er sie nach Hause begleiten dürfe.

Evi wusste, was das bedeuten würde. Es würde ihr Leben verändern und es würde Toni in den Wahnsinn treiben. Aber sie nickte stumm, denn sie wollte es. Ihre Vernunft mahnte zur Zurückhaltung, doch da war etwas auf geheimnisvolle Weise in Gang gekommen, was sich nicht mehr stoppen ließ.

Vor der Haustür fragte Manuel dann höflich, ob er sie noch nach oben begleiten dürfe. Er war ja schon oft mit anderen Exodus-Aktivisten in deren Wohnung gewesen, aber heute wussten beide, dass diese Entscheidung Folgen haben würde.

Evi reagierte wie von einer verborgenen Regie gesteuert und nahm diesen jungen Mann mit nach oben, den sie gerade mal ein paar Monate kannte. Von diesem Augenblick an schien jeder weitere Schritt vorgezeichnet und Toni war vorübergehend aus ihrer Erinnerung verschwunden.

Oben angekommen, machte sich Evi zunächst frisch, während Manuel aufgeregt zwischen Sofa und Fenster hin- und herpendelte. Als Evi aus dem Bad zurückkam, hatte sie nur noch ein knapp sitzendes T- Shirt auf der nackten Haut und einen provokant kurzen Rock an.

Sie bot Manuel ein Glas Wein an, was ihn – dem diplomierten Agraringenieur – zu einem kleinen, scheinbar spontan inszenierten Exkurs zum Thema „Weinanbau in Südeuropa unter Berücksichtigung der derzeitigen Vergabe europäischer Fördermittel zur Bewahrung der Artenvielfalt" anregte und so zur Hochform auflaufen ließ. Das war sein Fachgebiet, damit konnte er brillieren.

Evis Welt war das sicher nicht, aber sie hörte ihm mit gespielter Aufmerksamkeit zu. Es war gerade so, als sollte diese kleine Weinverkostung die Chance für einen letzten Rückweg öffnen. Jetzt wäre noch Zeit gewesen, das Gespräch zu beenden und sich für diesen Tag zu verabschieden. Aber die Dynamik eines unerwartet starken Verlangens hatte die Vernunft auf beiden Seiten komplett ausgeschaltet.

Irgendwann zog Manuel sie an sich und Evi ließ ihn ohne Widerstand gewähren. Alle Sicherungssysteme waren ausgefallen, und es dauerte nicht lange, bis sie sich einander hingaben. Evi wusste, dass sie drauf und dran war, etwas Kostbares zu zerstören, aber das Verlangen war so stark, dass sie dessen Sog nicht widerstehen konnte.

Bereits wenige Augenblicke später wurde ihr bewusst, dass sie einander im Grunde noch fremd waren, obwohl sie in körperlicher Hinsicht alles preisgaben. Manuel wusste nicht, dass Evi sich einem Mann versprochen hatte und dass dieser seit vielen Jahren auf sie wartete. Sie hatte ihm nie davon erzählt.

Es war schon zehn Uhr am nächsten Vormittag, als sie einander beim Frühstück gegenübersaßen und sich verlegen ansahen, bis Evi sich zusammenraffte und sagte: „Ich weiß nicht, was mit mir los war. Aber ich bereue zutiefst, dass ich mich so habe gehen lassen. Ich habe heute Nacht ein kostbares Leben zerstört!" Sie kam sich so vor, als hätte sie Tonis Porträt auf den Boden geworfen und mit den Füßen kaputt getreten.

Manuel starrte sie völlig verwirrt an. Aber er fragte nicht nach. So nahe sie sich in der vergangenen Nacht gefühlt hatten, so fern waren sie sich jetzt, als das Licht schonungslos auf diese merkwürdige Szene fiel. Was sie verband, war nichts anderes als ein triebgesteuertes Ereignis. Liebe war es jedenfalls nicht

Evi stand auf und bat Manuel tonlos, jetzt zu gehen. Er ging, wie er gekommen war: nett, freundlich und irgendwie unbedarft. Sicher würde er andernorts bald wieder fündig werden. Aber hier brauchte er seinen Charme nicht mehr zu verschwenden, da es offenbar einen ihm unbekannten Dritten gab, der in dieser Nacht nahezu alles verloren hatte.

Evi schaute Manuel nicht hinterher. Die Tür fiel ins Schloss. Endgültig. Verzweifelt stützte sie den Kopf in beide Hände und begann, hemmungslos zu weinen. Sie zitterte am ganzen Leib. In unendlicher Enttäuschung über sich selbst wurde ihr klar, dass sie das Elend ihres geliebten Toni auf unverzeihliche Weise noch größer gemacht hatte: Sie hatte ihn, den treuen, verlässlichen und unendlich geduldigen Freund, abgrundtief betrogen.

Was hätte sie darum gegeben, sich in kindlichem Glauben jetzt einem liebevollen himmlischen Vater anvertrauen zu können! Mit tränenerstickter Stimme flehte sie zu dem allmächtigen Gott.

Aber dieser Gott schien sie nicht zu hören, denn er antwortete nicht.

Ein Lebenszeichen

Die alte Bäuerin hatte es sich zur Aufgabe gemacht, jeden Morgen die Post entgegenzunehmen und sie für die Hausbewohner zu sortieren. Ein Brief von Ehepaar Stocker, von Evis Gastgebern aus London oder von der Beratungsstelle in Innsbruck wäre ihr sofort ins Auge gefallen. Oft ging sie zitternd und zagend zum Briefkasten, betend und seufzend, immer mit dem festen Vorsatz, bloß nicht enttäuscht zu sein, wenn wieder kein Lebenszeichen von Evi dabei war.

Doch eines Tages, es war in der Adventszeit, hielt sie einen Brief für Toni in ihren Händen. Sie wagte es nicht, auf der Rückseite des Umschlags nach dem Absender zu suchen.

Rasch schickte sie ihren kleinen Enkelsohn in den Holzschuppen, wo Alois und Toni mit dem Ölwechsel des hydraulischen Holzspalters beschäftigt waren. Onkel Toni solle sofort kommen, es sei Post für ihn da.

Toni ließ alles stehen und liegen und eilte ins Haus, Alois folgte ihm gemächlichen Schrittes.

Er nahm sich noch nicht einmal Zeit, die Hände zu waschen, bevor er den Brief entgegennahm, in sein Zimmer ging und hinter sich abschloss.

Es war Evis Schrift, auf der Rückseite stand ihr Name, aber es fand sich keine Absender-Adresse. Toni bebte am ganzen Leibe, während er den Umschlag sorgfältig mit seinem Taschenmesser aufschlitzte. Er zog den mit einer Schreibmaschine getippten Brief so vorsichtig aus dem Kuvert, als wolle er Evis Lebenszeichen schützen und bewahren. Es war ihm, als befreie er ihr Gesicht von einem Schleier.

Doch der kurze und kalte Text las sich wie ein behördliches Dokument: Toni merkte sofort, dass das nicht seine Evi war. Es war eine fremde Frau, die Evamaria Stocker hieß, in London lebte und ihren Status meldete. Der Brief war in Kopie auch an Herrn Magister Gottlieb Stocker und Gemahlin Theresa Stocker gerichtet.

„Liebe Eltern, lieber Toni,

herzliche Grüße aus London. Macht Euch keine Sorgen um mich. Mir geht es gut. Ich befinde mich mitten im Medizinstudium in Oxford. Ich engagiere mich ehrenamtlich in einer Jugendgruppe in London, die es sich zur Aufgabe gemacht hat, die Menschheit vor dem drohenden Weltuntergang zu warnen. Bitte akzeptiert meine Entscheidung. Ich verbringe meine ganze Freizeit mit Straßeneinsätzen und Hausbesuchen, um Menschen vor dem Abgrund zu bewahren. Darum habe ich alle meine privaten Kontakte abgebrochen. Bitte sucht nicht nach mir. Ich melde mich wieder.

Eure Evamaria."

Toni fühlte sich, als träfe ihn ein eisiger Windhauch. Wie sehr hatte er ein Lebenszeichen herbeigesehnt! Jetzt war es da. Aber es war kalt und tot, herzlos und unverbindlich. Da war einfach keine Liebe mehr drin.

Auch zwei Stunden später saß er immer noch am selben Platz und starrte vor sich hin. Die Nachricht war so knapp und sachlich, dass ihm noch nicht einmal die Tränen kamen. Stattdessen war es zum ersten Mal Bitterkeit, die da in ihm aufstieg. Er wollte dagegen ankämpfen, dass sie sich in Zorn verwandelte, aber jetzt war er hilflos diesem wütenden Sog in seiner verletzten Seele ausgesetzt.

„Ist das der Anfang vom Ende?", flüsterte ihm eine Stimme ins Ohr, eine fremde Stimme mit gehässigem Unterton, die sich im Laufe der langen Wartezeit immer wieder gemeldet hatte. Diese Stimme fragte frech: „Wo ist nun dein Gott? Merkst du gar nicht, dass du seit Jahren hingehalten wirst? Die Frau ist deiner nicht wert. Sag dich von ihr los!"

Er fror. Mit letzter Kraft ging er zu seinem Bett und kroch unter die Decke. Wie betäubt lag er dann da und starrte ins Leere. Wieder war ein großes Stück Hoffnung weggebrochen! Er musste unweigerlich an den Erdrutsch denken, der damals seine wirtschaftliche Zukunft und seine familiäre Geborgenheit binnen Minuten in den Abgrund gerissen hatte. Er hatte in seiner Fantasie unzählige Male ein kleines Liebesnest hoch oben über der Abrisskante gebaut, aber nun war auch diese kleine Burg seiner Sehnsüchte in sich zusammengefallen.

Nach einer Weile klopfte es zaghaft an seine Zimmertür. Marianna fragte besorgt nach seinem Ergehen.

„Komm rein", stammelte er. „Du kannst den Brief lesen."

Inzwischen stand auch Alois in der Tür.

„Nein", wehrte Marianna ab, „das werde ich nicht tun."

„Dann soll Alois ihn lesen."

Der Jungbauer nahm widerwillig den Brief zur Hand und las ihn halblaut seiner Frau vor.

In der Zwischenzeit kam der kleine Junior angerannt: „Onkel Toni, komm ans Telefon, ein Mann aus Bruneck will dich sprechen."

Toni wankte nach unten. Gottlieb Stocker war am anderen Ende: Er und seine Frau hatten exakt den gleichen Brief erhalten. Nun wussten sie immerhin, dass Evi in London lebte und in Oxford Medizin studierte. Sie gehörte offensichtlich zu einer Sekte, die den Abbruch aller privaten Kontakte forderte. Ihnen war klar, dass sie Evis Bitte um eine Kontaktsperre respektieren mussten.

So bitter die Nachricht für Toni auch war, so flammte doch allmählich wieder neue Hoffnung in ihm auf. *Evi ist noch nicht verloren*, sprach er sich immer wieder selbst Mut zu. Er würde nicht aufgeben, sondern um sie kämpfen.

Doch es verging Winter um Winter, Sommer um Sommer ohne ein weiteres Lebenszeichen von Evi. Als Toni gerade wieder von der Alm zur Wintersaison auf den Hof gekommen war, fasste er einen Entschluss.

Außer für Bücher hatte er all die Jahre kaum etwas von seinem Lohn ausgegeben. Er brauchte ja außer Zahnbürste, Seife und Rasierzeug nichts für sich. Der Anzug und der Mantel, die Evi ihm besorgt hatte, passten nach all den Jahren noch wie angegossen. Er hatte kein Kilo zugenommen, eher noch etwas an Gewicht verloren.

Deshalb hatte er genug Geld gespart, um nach London zu reisen und sich auf die Suche nach Evi zu machen. Bevor er jedoch die Raffaltbäuerin bat, die Buchung der Reise für ihn zu übernehmen, rief er noch einmal bei der Beratungsstelle in Innsbruck an.

Der Leiter hatte vom englischen Büro erfahren, dass die Sekte um Richard Mac Cormick bei einer Polizeirazzia aufgefallen war. Anscheinend begannen die Mitglieder, das böse Spiel ihres Gurus zu durchschauen, und viele waren bereits aus der Sekte ausgetreten. Die Polizei ermittelte aufgrund einiger anonymer Hinweise.

Niemand wusste allerdings, wo Evi untergetaucht war. Es gab keinerlei Informationen über ihren Wohnort oder über irgendein geregeltes Einkommen. Sie hatte auch nie bei ihren wohlhabenden Eltern um finanzielle Hilfe gebeten. Offenbar hatte sie ein Arbeitsverhältnis, um sich das Geld für das Studium zu verdienen.

Toni sprach mit Evis Eltern. Er erläuterte seinen Plan, nach London zu reisen und Evi zu suchen. Doch bald wurden sie sich einig, dass dies ohne irgendein weiteres Lebenszeichen von der jungen Frau nicht sinnvoll sei. Man würde vielleicht ihre Adresse herausfinden, aber dass man auch den Weg zu ihrem Herzen finden würde, war eher unwahrscheinlich. So wurde der Plan schließlich aufgegeben.

Toni fragte sich oft in den dunklen, nicht enden wollenden Nachtstunden, wie lange er das noch aushalten sollte. In jeder Nacht zählte er die Glockenschläge und sehnte den Aufgang der Sonne herbei. Die Einsamkeit fraß an ihm wie Rost an eisernen Brückenteilen, sie nagte an seinen Lebensfundamenten. Irgendwann würde das Tragende seines Lebens brechen. Wozu sollte er noch leben?

Immer wieder drehte seine Fantasie die schönsten Filme: Er sah Evi über eine prachtvolle Allee gehen, so etwa wie die Passeier Promenade in Meran oder irgendwo in London, sah sie in einem Blumenladen verschwinden oder in einem Schmuckgeschäft, um atemberaubend geschmückt wieder herauszukommen.

Toni wusste nicht, wie lange diese Bilder halten würden, wie lange er sich an sie klammern konnte. Aber sie schenkten ihm immer wieder Kraft und verhalfen ihm zu dem Entschluss, die Hoffnung nicht aufzugeben und trotz allem mit Evis baldiger Rückkehr zu rechnen.

Diagnose

Inzwischen hatte sich Tonis körperlicher Zustand deutlich verschlechtert. Die Aussicht auf die Reise nach London hatte ihn beflügelt, sie hatte Kräfte freigesetzt und die Symptome seiner quälenden Beeinträchtigung etwas besänftigt.

Jetzt aber brach alles wieder mit doppelter Gewalt los: die Kraftlosigkeit, die Tagesmüdigkeit, das Zittern, die Gleichgewichtsprobleme und die Schlaflosigkeit in der Nacht. Das ganze Espenlaub war wieder entfesselt.

Toni war mit sich und der immer häufiger aufsteigenden Panik mutterseelenallein. Zu den körperlichen Ausfallerscheinungen kam die Sorge um seine wirtschaftliche Zukunft: Er war ungelernter Viehhirte, Senner, Almbauer. Womit sollte er sonst seinen Unterhalt verdienen? Er brauchte nicht viel für sich, aber er war froh, dass sein Chef die Beiträge für die Rentenkasse und die Krankenkasse zuverlässig abführte.

Eigentlich wusste er nicht wirklich, was mit ihm los war. Lange Zeit wollte er es auch gar nicht wissen. Er wusste nur, dass ein anderer in seinem Kopf eingezogen war und den Muskeln falsche Aufträge erteilte. Aufträge, die seinen eigenen Anordnungen an seinen Körper völlig zuwiderliefen.

Es gab in Terenten noch drei oder vier Männer und Frauen, die ebenfalls von irgendeiner Krankheit gepeinigt vor sich hin wackelten und zitterten. Doch die waren alle wesentlich älter als Toni. Da er monatelang allein war, fiel es niemandem auf, wie sehr er zu kämpfen hatte. Bis er eines Tages von seinem Chef, dem Raffaltbauern, angesprochen wurde, er solle nun aber unbedingt einen Arzt aufsuchen. Der Feriengast aus München hatte einen Neurologen in Brixen empfohlen.

„Ja, im Winter, dann habe ich Zeit", antwortete Toni ausweichend. „Dann werde ich mich einem Doktor vorstellen."

Der Winter kam und der Winter ging. Doch bevor Toni im Frühsommer wieder hinauf auf die Alm ziehen konnte, schob ihn die Bäuerin in den Postbus. Vorher hatte sie die Adresse eines Arztes, der sich damit auskannte, auf einen Zettel geschrieben und ihm energisch zugeredet, er solle bloß nicht nach Hause kommen, ohne beim Arzt gewesen zu sein.

In Brixen angekommen, fragte sich der junge Mann mit dem Zettel in der Hand durch und fand schließlich das Haus am Maria-Hueber-Platz. Seit seiner Kindheit hatte er kein Krankenhaus und keine Arztpraxis mehr von innen gesehen.

Die Damen im Empfangsbereich trugen elegante Einheitskleidung und vermittelten einen geschäftigen Eindruck. Sie sahen alle aus, als wären sie gerade vom Friseur gekommen. Und sie hatten Farbe im Gesicht.

Dass die Frauen die Lippen rot anmalten, das hatte er schon bei den Feriengästen aus Deutschland gesehen, aber diese Damen hatten sich das ganze Gesicht geschminkt. Und schon huschte der

Gedanke an Evi durch seinen Kopf, und er fragte sich, ob sie sich auch so anmalte. Das würde ihm gar nicht gefallen.

Die Möblierung der Praxis war vom Allerfeinsten. *Die müssen hier gut verdienen,* überlegte er. Und er schaute an sich herunter, um sich zu vergewissern, dass er korrekt und sauber gekleidet war. Irgendwie fühlte er sich deplatziert mit seinem Lodenanzug und seinen derben Bergstiefeln.

Er schaute auf seine Finger, aber die waren sorgfältig gepflegt. Die Chefin hatte ihm geraten, die Hände in einer Mischung aus Milch und Öl zu baden und dann die Fingernägel mit Schere und Feile sorgfältig herzurichten. Da seine Hände ständig zitterten, dachte er, er müsse seine Hände vor dem Arzt auf den Tisch legen. So hatte er sich das jedenfalls vorgestellt.

Das Wartezimmer war komfortabel eingerichtet. Zwischen den Stühlen standen grüne Zierpflanzen. Toni nahm neben einer dieser Zierpflanzen Platz und betrachtete das Gewächs etwas genauer. Er musste die Blätter anfassen, um festzustellen, dass es tatsächlich ein Plastikbaum war. So etwas hatte er noch nie gesehen.

Er überlegte, was in diesem Haus echt war und was nicht. Ob der Arzt ihm wohl die Wahrheit sagen würde?

Um ihn herum saßen lauter seltsame Gestalten: das ganze vereinigte Espenlaub. Überwiegend alte Männer. Jeder zuckte oder zitterte, einige waren völlig steif, andere gingen ganz schief und wankten zur Tür, wenn ihr Name über den Lautsprecher aufgerufen wurde.

Ein alter Mann mit blauer Schürze saß mit offenem Mund da. Sein Speichel tropfte stetig auf seine Schürze. Toni musste an die Dachrinne an der Almhütte denken, die seit einiger Zeit genau oberhalb des Fensters wie ein Uhrwerk vor sich hin tropfte. Die Schürze des alten Mannes war so nass wie ein Putzlumpen.

Toni wehrte sich gegen die Sorge, die sich beim Anblick dieses Elends in ihm festfressen wollte.

Als der arme Kerl einmal die Schürze beiseiteschob, um an sein Taschentuch heranzukommen, fiel Tonis Blick auf ein oval geschnittenes Stück Leder, das man dem Kranken auf die Hose genäht hatte. Seine Hand zitterte und schabte die ganze Zeit auf seinem Oberschenkel. Ohne den Lederbesatz hätte er wahrscheinlich jede Hose in wenigen Wochen durchgescheuert.

Toni stemmte sich weiter gegen die Verzweiflung, die sich in seinem Gemüt häuslich niederlassen wollte.

Ein auffallend fein gekleideter Mann kämpfte verzweifelt gegen die groben Zuckungen seiner Beine an. So gepeinigt saß er stumm zwischen zwei alten Frauen, die ohne Pause redeten. Und unter dem Stuhl tobten seine Beine.

Die beiden Frauen machten sich erst gar nicht die Mühe, leise zu sprechen, um ihren Sitznachbarn nicht zu belästigen. Der ganze Raum musste mithören, was für banale Dinge sich die geschwätzigen Damen mitzuteilen hatten: irgendetwas von einem Streit mit der Nachbarin, über den Frost, der die Apfelblüte verdorben hatte, und über die wohlgeratenen Enkelkinder.

Der feine Mann war nicht in der Lage aufzustehen, als sein Name aufgerufen wurde. Und die beiden Frauen hielten nicht einmal inne, als eine der Arzthelferinnen dem Mann vom Stuhl hochhalf. Danach konnten sie endlich zusammenrücken und ihre Lautstärke zu Tonis Freude etwas herunterfahren. Laute Debatten durcheinander und überkreuz waren eine Ohrenqual für ihn.

Eine Frau mittleren Alters lief so komisch, dass man unwillkürlich an einen Parademarsch der Gebirgsschützen denken musste, so sehr riss sie die Hacken hoch. Es sah so merkwürdig aus, dass Toni sich verunsichert wegdrehte. Jetzt bloß nicht diese Frau ansehen.

Fast alle Leute in der Runde schauten traurig vor sich hin, während jeder auf seine Weise von seinem unsichtbaren Folterknecht gepeinigt wurde.

Schließlich war Toni an der Reihe. Eine der eleganten Empfangsdamen brachte ihn zum Sprechzimmer und bat ihn, noch einen Moment zu warten. Kurz darauf öffnete sich die Tür und der Arzt kam herein.

Der freundliche Mann im weißen Kittel ließ ihn zunächst den Flur entlang und wieder zurück laufen. Dann sollte er seine Hände so bewegen, als drehe er eine Glühbirne in die Fassung. Es folgten noch mehrere Fragen und Untersuchungen.

Zuletzt nahm der Arzt hinter seinem großen Schreibtisch Platz und forderte den Patienten auf, sich ebenfalls zu setzen. Mit ernster Miene erklärte er Toni das Ergebnis seiner Untersuchung:

„Herr Hinteregger, Sie leiden an Morbus Parkinson. Normalerweise bricht die Krankheit erst ab dem 65. Lebensjahr aus, aber Sie hat es ungewöhnlich früh erwischt. Dagegen kann man nichts machen, aber an dieser Krankheit werden Sie nicht sterben! Wir können sogar die Symptome einigermaßen unter Kontrolle halten."

Toni nahm die Diagnose regungslos auf. Er spürte ja schon lange, dass er krank war. Nun wusste er wenigstens, wie die Krankheit hieß. Es ging nicht um Schnupfen oder Husten oder einen gebrochenen Daumen. Es war etwas Ernstes.

Zaghaft fragte er schließlich: „Herr Doktor, muss ich jetzt für den Rest meines Lebens zittern?"

Der Arzt nickte bedauernd, schob aber sofort diese kleine Botschaft der Hoffnung hinterher: „Die Medikamente werden immer besser, es wird auf diesem Gebiet viel geforscht. Wir versuchen, Ihnen mit Tabletten das Leben einigermaßen erträglich zu machen."

Er erhob sich von seinem Ledersessel, rückte die Goldbrille

zurecht und reichte seinem traurigen Patienten mit einem ermutigenden Blick die Hand zum Abschied.

Die schönen Damen am Empfang gaben ihm ein Rezept und ein paar Päckchen mit Pillen mit, von denen er jeden Morgen eine nehmen sollte.

Als Toni später wieder im Postbus saß, kam ihm der Gedanke, dass es eigentlich schade sei, dass er an dieser Krankheit nicht sterben würde. Er hing nicht mehr am Leben, das wurde ihm in diesem Moment ganz deutlich. Eine Krankheit, die ihm möglichst bald das Weiterleben erspart hätte, wäre ihm lieber gewesen.

Er fühlte sich, als sei er eine Kerze, die man auf beiden Seiten angezündet hatte. Seine Lebenskraft verzehrte sich. Die Schwäche der Muskeln machte sich immer mehr bemerkbar. Vor allem, wenn er etwas Schweres heben oder hinter einer Kuh herlaufen musste, spürte er die Begrenzung. Dann brachten ihn die zähen Muskeln einfach nicht mehr in Schwung.

In manchen Situationen war er so verzweifelt, dass er nicht mehr glauben konnte, dass Gott sich noch um ihn kümmerte.

Abends, wenn er sich um neun Uhr schlafen legte, fingen die Beine an zu zittern und hinderten ihn am Einschlafen. So passierte es immer häufiger, dass er unter schweren Schlafstörungen litt und in der Nacht oft nur zwei bis drei Stunden schlafen konnte. Das waren die düsteren Stunden, in denen sich eine tiefe Todessehnsucht auf sein Gemüt legte.

Tagsüber fiel ihm auf, dass er nicht mehr geradeaus laufen konnte, sondern immer seinen Kurs korrigieren musste.

Hin und wieder besuchten ihn abends die Hirten von der Englalm. Ihnen war auch aufgefallen, dass Toni sich äußerlich verändert hatte. Seine Wirbelsäule hatte sich etwas verformt, sodass er um Jahre gealtert schien.

„Toni, was ist eigentlich mit dir los? Bist du krank?"

Nach einer Weile des Schweigens erklärte Toni den Freunden, womit er zu kämpfen hatte. Aber er erzählte nur von seiner körperlichen Not, von der Krankheit, die sich unaufhaltsam über ihn hergemacht hatte. Evis Geschick erwähnte er mit keinem Wort. Doch die Hirten von der Englalm gaben keine Ruhe und wollten wissen, was mit der Evi los sei. „Geh, Toni, sag schon, hast du dich mit der Evi verkracht?"

Toni schwieg, und die Männer begriffen, dass ihm dieses Thema schwer zu schaffen machte.

„Aber du bist doch ein frommer Mann. Wir treffen dich oft an, wenn du in der Bibel liest. Was ist nun mit deinem Jesus? Hat er dich vergessen? Und was ist mit der heiligen Mutter Gottes? Warum hilft sie dir nicht?"

Die Kameraden von der Englalm hätten ihrem Hütekollegen gern geholfen – auf ihre Weise. So brachten sie ihm hin und wieder eine Flasche Schnaps vorbei, die Toni jedoch nicht anrührte. Mittlerweile hatten sich schon einige Flaschen im Küchenschrank angesammelt.

Wie so oft zogen die Hirten von der Englalm auch an diesem Abend unverrichteter Dinge ab. Toni war ihnen ein Rätsel geworden.

Er freute sich zwar über die Anteilnahme seiner Kollegen, aber die seltenen Gespräche mit ihnen waren keine echte Ermutigung für ihn. Sorge und Angst um seine körperliche Zukunft waren immer mehr zu beherrschenden Mächten in seinem Leben geworden. Doch am schlimmsten war die Einsicht, dass Evi wohl nicht mehr zurückkommen und ihm auf der steiler werdenden Wegstrecke behilflich sein würde.

Diese Erkenntnis hatte eine unheimlich zersetzende Macht, die jede zaghaft aufkommende Hoffnung sogleich wieder im Keim erstickte. Die Nächte wurden länger, die Verzweiflung bekam die Oberhand und dominierte sein Leben in jeder Hinsicht.

War es früher die Hoffnung auf Evis Rückkehr, die Vorfreude auf ihr lang ersehntes Kommen gewesen, die ihm Kraft für die tägliche Arbeit gab, so musste er sich jetzt ständig selbst antreiben. War es früher das lodernde Feuer der Liebe gewesen, an dem er sich wärmen konnte, so zog jetzt die Kälte in sein Leben ein und kroch bis in die letzten Winkel seines Körpers.

Früher hatte ihm jeder Gedanke an Evi förmlich eingeheizt, er hatte Kräfte freigesetzt und ihn motiviert für die tägliche Arbeit. Jetzt war das Feuer in sich zusammengefallen. Es war noch ein wenig Glut vorhanden, die die Hoffnung wärmte und nährte, aber es reichte nicht mehr, um sein Leben auf einer guten Arbeitstemperatur zu halten.

Das ständige Zittern seiner Hände und Füße gab ihm erst recht das Gefühl, in einem Eiskeller zu sitzen. Oft saß er bei strahlender Sonne auf der Bank vor der Hütte und wickelte seine Beine in eine Wolldecke ein, obwohl er auch dadurch das Zittern nicht beeinflussen konnte.

Toni litt darunter, dass seine Erinnerung an Evi mit der Zeit immer mehr verblasste. Er war nicht mehr in der Lage, die Bilder wachzurufen, die ihn eigentlich am Leben hielten. Der Geruch ihrer Haut, ihre zarten Hände auf seinem Körper, die duftenden Haare und ihr atemberaubend schönes Gesicht, das alles war in weite Ferne gerückt.

In seinen dunklen Stunden jammerte er oft tonlos in sein Kissen hinein: „Evi, Evi, wo bist du?" Dann zog er sich die Decke über den Kopf, presste die Kissen auf die Ohren und zitterte sich fröstelnd in den Schlaf.

In vielen Nächten feuerte er nachts den Ofen an, weil ihm so kalt war. Und immer wieder wachte er klatschnass auf, weil er zunehmend lästige Schwitzattacken bekam.

Oft war er am anderen Morgen so müde vom Kampf um die sterbende Hoffnung, dass er nur mit Mühe die Füße vors Bett bekam, um sich dann am Strick hochzuziehen, bis seine Beine sich stabilisiert hatten und seinen bebenden Körper tragen konnten.

Jedes mühsame Aufstehen am Morgen war ein Aufstehen gegen das Vergessen. Jedes Hochstemmen von der Matratze war ein verzweifeltes Sichstemmen gegen die aufkommende Ohnmacht. Jeder Griff zum Seil über dem Bett war der Griff nach dem seidenen Faden, an dem sein zerbrechliches Leben hing.

Nein, er durfte nicht aufgeben, er wollte kämpfen. Kämpfen um Evi und für Evi. Auch aus der Entfernung, gerade, weil er nicht wusste, wie es um sie stand. Es konnte doch durchaus sein, dass Evi seine Liebe und Treue brauchte.

Dieser Gedanke war es, der ihn jeden Morgen gegen die Trägheit, die muskuläre Starre, die zunehmende Unbeweglichkeit ankämpfen ließ. Er wusste, ohne es beweisen zu können, dass Evi unter eine fremde Macht geraten war. Deshalb kämpfte er um sie, baute in seinen schlichten Gebeten eine Mauer um sie, stemmte sich mit kindlichem Gottvertrauen gegen die Räder, unter die seine geliebte Evi geraten war.

Wenn sie schwach war, musste er stark sein. Er musste weiter durchhalten.

So wurde es zu einem festen Ritual, dass er sich vor dem Frühstück auf die Knie gleiten ließ, sich bekreuzigte und Luthers Morgensegen betete:

„Das walte Gott Vater, Sohn und Heiliger Geist! Amen.

Ich danke dir, mein himmlischer Vater, durch Jesus Christus, deinen lieben Sohn, dass du mich diese Nacht vor allem Schaden und Gefahr behütet hast, und bitte dich, du wollest mich diesen Tag auch behüten vor Sünden und allem Übel, dass dir all mein Tun und Leben gefalle. Denn ich befehle mich, meinen Leib und Seele und alles in deine Hände. Dein heiliger Engel sei mit mir, dass der böse Feind keine Macht an mir finde."

Anschließend machte Toni Feuer und füllte den Kessel mit frischem Wasser, damit er nach dem Frühstück heißes Wasser zum Waschen hatte. Mit dem Eisbaden in der Viehtränke war es schon lange vorbei. Nachdem er sich im Schneckentempo angezogen hatte, nahm er an seinem Esstisch Platz. Dann goss er sich eine Tasse Kaffee auf, schnitt zwei Scheiben Brot vom Laib, bestrich sie mit selbst gemachter Butter und gönnte sich reichlich Marillenmarmelade.

Er hatte bei Evi gelernt, den Tag nach Luthers Morgensegen mit einer kleinen Andacht zu beginnen. Sie hatte ihm ein Buch geschenkt, in dem für jeden Tag ein Bibelvers aus dem Alten und einer aus dem Neuen Testament zu lesen war. Dazu gab es einen kleinen Kommentar, eine Liedstrophe und ein Gebet.

Seitdem Evi weg war, hatte er es keinen Tag versäumt, in diesem Buch zu lesen. Die Jungbäuerin Marianna schenkte ihm jedes Jahr zu Weihnachten das entsprechende Andachtsbuch für das kommende Jahr.

Nach dem Lesen machte Toni sich Notizen, er schrieb Fragen auf, die er hin und wieder sogar selbst beantwortete. Die Melodien der Lieder kannte er zwar allesamt nicht, aber er summte irgendetwas vor sich hin und prägte sich dabei die ermutigenden Texte ein.

Erst, wenn er diese kleine geistliche Übung erledigt hatte, begann er mit seiner Arbeit: Er sah nach den Kühen im Stall und ging hinaus auf die Weide, um nach dem Jungvieh zu schauen.

Obwohl die Zitterkrankheit zunehmend seinen ganzen Alltag belastete und die Tabletten nur wenig dagegen ausrichten konnten, wehrte sich Toni dagegen, dass die Krankheit sein Leben völlig bestimmte. Als die Symptome schlimmer wurden, das Zittern nun auch auf der anderen Körperseite angekommen war und die Muskel- und Gelenksteifigkeit weiter zunahmen, beschloss er, nach der Hütesaison wieder den Arzt in Brixen aufzusuchen. So konnte es jedenfalls nicht weitergehen mit ihm.

Wenn er nur nicht allein durch diesen dunklen Tunnel gehen müsste, dann wäre alles ertragbar. Dann würde er nicht klagen, sondern sich seinem Schicksal fügen. So aber fehlte ihm das Gegenüber, das ihm in früheren Jahren so viel Geborgenheit gegeben hatte.

Wann immer Alois oder einer seiner Brüder mit dem Traktor auf die Alm kam, hoffte Toni sehnlichst auf Post von Evi. Jede Woche gespanntes Warten, jede Woche erneute Enttäuschung.

Bevor er einen weiteren Arzttermin in Brixen ausmachte, wollte er das Ehepaar Stocker besuchen. Eines Tages raffte er sich auf und stieg in den Postbus, der ihn nach Bruneck bringen sollte. Dort angekommen, klingelte er an der Haustür der Familie Stocker.

Eine Haushälterin öffnete, sie musste wohl neu in dieser Aufgabe sein. Sie blickte ihn fragend an.

Toni trug sein Anliegen vor.

„Der Herr Magister Stocker ist mit seiner Gemahlin außer Haus. Darf ich etwas ausrichten?"

Toni sagte nur: „Danke! Grüßen Sie die Herrschaften von Anton Hinteregger!"

Dann ging er – wie beim letzten Mal – in das kleine, nette Café, wo er sich damals von Evi verabschiedet hatte. Er versuchte, den Filmprojektor in seinem Kopf anzustellen, um sich diese Szene noch einmal anzuschauen. Aber die Bilder verblassten mehr und mehr.

Bei der Serviererin bestellte er einen Kaffee mit Sahne und

gönnte sich ein Stück Käsekuchen. Er hätte zwar viel lieber diesen leckeren Erdbeerkuchen mit Sahne genommen, aber er hatte Sorge, dass ihm der lockere Boden von der Gabel fallen würde.

Käsekuchen hatte den Eignungstest für Zittermänner längst bestanden. Je leichter der Belag, umso größer das Risiko einer kleinen „Sauerei" auf seinem Schoß.

Toni hasste es, sich eine große Stoffserviette um den Hals zu binden. Das erinnerte ihn immer an das Seniorenstift in Bozen, wo seine Großtante lebte. Die alten Herrschaften hatten ganze Tischdecken um den Hals gebunden. Nein, zu dieser Sorte wollte er nicht gehören.

Also besser Käsekuchen. *Hieb- und stichfest*, dachte er.

Nach einer halben Stunde zahlte er und wankte hinaus. Die Serviererin schaute ihm besorgt nach und tuschelte aufgeregt mit ihrer Kollegin.

Mit hängenden Schultern schlurfte Toni nun zur Buchhandlung am Rienztor. Das war seine Welt. Er liebte den Geruch der Bücher. Hier durfte er ungestört stöbern, lesen, nachschlagen und manchmal sogar ctwas kaufen.

Fachliteratur über seine Krankheit interessierte ihn weniger. Er war krank, daran konnte keiner etwas ändern. Was sollte er sich auch noch in seiner freien Zeit mit einer Lektüre beschäftigen, die ihn nur noch weiter hinunterziehen würde?

Die Leiterin des Buchladens kannte ihn persönlich und hatte immer ein gutes Wort für ihn. Sie erinnerte ihn zuweilen auch an die Abfahrtszeit seines Busses, wenn er allzu sehr in die Lektüre vertieft war.

Dann bedankte sich Toni lächelnd, zahlte, reichte ihr die Hand und ging auf wackeligen Füßen zur nahe gelegenen Bushaltestelle.

Auf dem Weg dorthin kam er in der Fußgängerzone an einem

Textilgeschäft vorbei. In einem Schaufenster standen zwei lebensgroße Puppen in aufreizender Unterwäsche. Früher hätte ihn das interessiert, jetzt ging er daran vorüber, ohne auch nur einen Blick in das Schaufenster zu werfen.

Aber seine Gefühle für Evi loderten wieder auf. *Wo mag sie sein?* Die Vernunft sagte ihm: „Gib es auf! Sie kommt nicht mehr."

Aber sein Herz schlug immer noch für Evi. Es spornte ihn täglich an: „Gib nicht auf! Eines Tages bist du wieder mit ihr zusammen!"

Abkehr

Evis Gedanken wanderten zurück in die Zeit, als sie mit Toni auf der Hütte gewesen war, auf der Raffaltalm hoch über dem Pustertal. Wie zuvorkommend er ihr die Badewanne bereitgestellt und sich dann taktvoll zurückgezogen hatte.

Wehmut stieg in ihr auf. Wie oft war sie nachts in ihren Träumen bei Toni auf der Hütte! Und wie schön war das erste Jahr gewesen, als sie beide sich mindestens ein Mal pro Woche die Finger wund geschrieben hatten.

Als die Wassertemperatur im Duschboiler langsam abnahm, drehte sie ab, schüttelte sich und verließ das vom warmen Dunst neblige Badezimmer. Sie machte sich nicht die Mühe, sich abzutrocknen. In einige große Handtücher gehüllt fiel sie ins Bett und zog sich die Decke über den Kopf. „Toni", stöhnte sie auf, „was habe ich dir angetan?"

Es verging kaum eine Nacht, in der sie sich nicht in ihren Träumen auf die Reise in die Heimat gemacht hätte. Und immer quälte sie sich mit der Frage, warum sie diesen kostbaren Menschen aufgegeben hatte. Sie hatte diesen außergewöhnlichen Mann, diesen stillen Viehhirten in die Einsamkeit geschickt. Sie hatte eine Perle in den Dreck geworfen und sich mit einem billigen Kunststoff-Imitat zufriedengegeben.

Mit welcher Blindheit war sie geschlagen gewesen, dass sie auf Richard Mac Cormick hereingefallen war? Wie hatte sie sich derart unter die Macht dieses Ideologen begeben können?

Sie hatte ja nicht nur den Kontakt zu Toni abgebrochen, sondern auch schon vor einigen Jahren die Verbindung zu ihren Eltern gekappt. Unzählige Briefe hatte sie einfach nicht mehr geöffnet. Irgendwann hatte sie einen Korb voller Briefe ins Altpapier gekippt. Sie war besessen von der Idee gewesen, Richard Mac Cormick zu unterstützen, an seiner Seite die Welt vor dem Abgrund zu warnen. Und sie hatte nicht durchschaut, dass das Geschäft mit der Angst ein profitables Geschäft geworden war. Für Mac Cormick.

Der Non-Profit-Status der L. D. C. war längst verletzt worden. Es war nur eine Frage der Zeit, wann die Steuerbehörden den Betrug entdecken würden.

Aus dem Nieselregen war ein kräftiger Regen geworden, der an den Scheiben ihres Schlafzimmers herunterklatschte, als sie endlich gegen zwei Uhr einschlief.

Am nächsten Morgen war sie gerade dabei, sich Frühstück zu machen, als eine Freundin aus der L. D. C. anrief und fragte, ob sie Mac Cormick verraten habe.

„Ja, ich habe der Polizei einen Hinweis gegeben. Ich bin fertig mit der L. D. C. Ich gehöre nicht mehr zu euch."

Die Freundin am anderen Ende der Leitung schwieg.

Evi legte auf. Sie würde sich mit der Freundin nicht anlegen. Es war besser, sich von ihr fernzuhalten, denn sie lebte in einer völlig devoten Haltung gegenüber Mac Cormick.

Am Nachmittag fuhr Evi zur Universitätsbibliothek, um sich für einen Test im Fach Neurologie vorzubereiten. Als sie um elf Uhr abends zurückkam, spürte sie bereits im Hausflur, dass irgendetwas nicht stimmte. Sie ging ganz links an der Außenwange der Holztreppe hoch, um das Knarren zu vermeiden. Ihre Wohnungstür war offenbar gewaltsam geöffnet worden, sie stand einen Spalt weit offen.

Leise kehrte Evi um, klingelte bei einem jungen Paar eine Etage tiefer und informierte sie. Der Nachbar begleitete sie zögernd nach oben.

Evi staunte über sich selbst, dass sie so gar keine Angst hatte. Sie schlich wieder nach oben und schob die Tür auf. Ihr Nachbar blieb in Sichtweite. Im Flur brannte das Licht, alles war still.

Aber sie roch förmlich, dass Richard Mac Cormick in ihrer Wohnung war. Die Küche war dunkel, das Badezimmer auch. Ihre Nase zog sie in ihr Arbeitszimmer, immer dem Geruch des billigen Rasierwassers des Eindringlings nach.

Und da stand er neben ihrem Schreibtisch und schaute betreten aus der Wäsche.

Das Herz klopfte ihr bis zum Hals, aber als sie diese jämmerliche Gestalt sah, wusste sie, wer hier mehr Angst hatte: Der Weltuntergangsprophet, der einzige Mensch mit Durchblick, stand wie ein Häufchen Elend in der Wohnung der Frau, die er am liebsten als sein Eigentum betrachtet hätte. Dieser Verführer und Meister der Manipulation, der bei jedem Erdbeben die Zeichen der Zeit beschworen hatte, der wirkte jetzt so hilflos wie ein kleines Kind.

Mit dem Versprechen, seine Schäfchen von den Ängsten zu heilen, die er ihnen zuvor selbst eingetrichtert hatte, hatte er alle ursprünglichen christlichen Ideale verraten. Während er sich weltweit als Prophet einen Namen machen wollte, mussten seine

Anhänger in London Spenden eintreiben, hart arbeiten und das Geld in eine gemeinsame Kasse einlegen, damit die teuren Reisen des begnadeten Meisters finanziert werden konnten.

Wie blind musste sie gewesen sein, um diesen Täuscher nicht sofort durchschaut zu haben! Warum hatte sie nie ihren Vater um Rat gefragt?

Jetzt war ihr klar, dass dieses Nest ausgehoben werden musste. Sie würde sich für diese verlorenen Jahre rächen. Das Maß war voll. Die Stunde war gekommen.

„Was machst du hier?", fragte sie völlig kalt und beherrscht.

„Du hast mich an die Polizei verraten, darum bin ich hier!"

„Ich bedauere, dass ich das nicht schon vor Jahren getan habe."

Mac Cormick ließ den Kopf hängen und krallte seine dünnen Finger in die Hosenbeine.

„Du hast so viele junge Menschen geistig missbraucht, hast Persönlichkeiten zerbrochen, die auf deine verrückten Prophetien reingefallen sind. Denk an Paul, Chris und Greg, die ihre akademische Karriere aufgegeben haben und Woche für Woche in deinem Auftrag an Speaker's Corner und Westminster Abbey über die Endzeit und Apokalypse palavern. Du hast Jean, Conny, Mary und Sarah auf dem Gewissen. Zwei von ihnen sind jetzt in der Psychiatrie. Und jetzt verlass meine Wohnung!"

Der schneidende Ton und das zornige Gesicht Evis duldeten keinen Widerspruch. „Da ist die Tür! Die Rechnung für die Reparatur geht dir per Post zu. Du hast mich jahrelang finanziell ausgebeutet. Die Richter werden dich zwingen, alles zurückzuzahlen. Wenn du dich nicht bis morgen früh um neun Uhr im Polizeirevier von Brixton gestellt haben solltest, werde ich dich anzeigen!"

Evi staunte nicht schlecht über ihren eigenen Mut.

Mac Cormick drückte sich – sichtlich in seiner Ehre verletzt – an

Evi vorbei, hinaus in den Flur und verließ die Wohnung. Es war der letzte Abgang des Verführers. Es sollte nicht lange dauern, bis die L. D. C. den Non-Profit-Status verlieren und ihr Meister dort landen würde, wo er schon längst hingehört hätte: im HM Prison Brixton.

Evi lüftete das Schlafzimmer, bedankte sich bei dem Nachbarn, verriegelte die Wohnungstür provisorisch und ging in die Küche. Dann setzte sie ein Schreiben an alle Sektenmitglieder auf, von denen sie die Adresse hatte.

In dieser Nacht brach Evamaria Stocker nicht nur mit der L. D. C., sondern endgültig mit ihrem ganzen christlichen Glauben. Sie fühlte sich von Menschen verraten und verkauft und von Gott total im Stich gelassen. Ihr Kinderglaube war in die Krise gekommen und hatte sich als nicht tragfähig erwiesen.

Am nächsten Tag hatte sie ein Gespräch mit ihrem Doktorvater in der medizinischen Fakultät Oxford, um die letzten offenen Fragen für ihre Dissertation zu besprechen. Sie würde jetzt alle Kraft und Begeisterung in ihr Studium der Neurologie stecken. Das war der Treibstoff für ihre Forschungsarbeit: der Wunsch, Menschen zu helfen, die früh die Kontrolle über ihren Kopf verloren hatten.

Doch die Sehnsucht nach Toni überlebte ihre Glaubenskrise. Sie sagte dem Gott ihrer Kindheit und Jugend ab, und dies vergrößerte die Distanz zu ihrem Elternhaus noch weiter, aber die Glut ihrer Liebe zu Toni erlosch nicht.

Alles, was sie jetzt brauchte, war Zeit. Die Jahre, die sie durch die L. D. C. verloren hatte, musste sie erst verarbeiten, vorher würde sie weder ihren Eltern noch Toni unter die Augen treten.

Mit neuem Eifer würde sie sich in die Arbeit stürzen. Sie hatte etwas gutzumachen. Auch für Toni.

Hoffnung

An den langen Winterabenden war Toni froh, wenn Alois und Marianna ihn in die gute Stube an den Kachelofen einluden. Er kam aber meistens erst, wenn die Nachrichten im Fernsehen vorbei waren.

Dann baten sie ihn zu erzählen. Und dann erzählte er von dem glimmenden Docht seiner Hoffnung. Von dem letzten Funken und von der letzten Glut, die immer noch ein wenig Zuversicht spendeten. Von seiner Krankheit mochte er gar nicht reden.

Aber Alois und Marianna waren sich einig, dass er sich endlich wieder dem Arzt in Brixen vorstellen sollte. Sie redeten so lange auf Toni ein, bis er schließlich einwilligte.

Auf dem Hof war nicht viel los, das Vieh war versorgt und es war genügend Brennholz gemacht. Deshalb hatte Alois Zeit, Toni nach Brixen zum Neurologen zu bringen. Und Marianna wollte natürlich mitfahren, denn sie wollte sich in den Geschäften die Frühjahrsgarderobe ansehen.

So fuhren sie zu dritt am andern Tag über Mühlbach bis nach

Brixen zum Neurologen. Vor der Praxis trennten sie sich. Alois wollte zum Landmaschinenhändler und Marianna zum Einkaufen. Der Arzt nahm sich viel Zeit für Toni. Er wusste, dass Einsamkeit die Krankheit für viele Patienten schier unerträglich werden lässt. Aber er hatte für Toni auch eine gute Nachricht: Er sei in Basel auf einem Neurologenkongress gewesen und dort hätte man von einem neuen, aufsehenerregenden Parkinson-Medikament berichtet. Ein sogenannter Dopamin-Agonist, ein Medikament, das im Körper wie der echte Botenstoff Dopamin wirke. Das sei eine Sensation in der Pharmaforschung.

Toni hörte mit großem Interesse zu.

Und plötzlich ging ein Leuchten über das Gesicht des Arztes, als sei ihm ein sehr guter Gedanke gekommen. Der hörte sich so an: „Nach erfolgreichen Tierversuchen und ersten Tests an Probanden wollen die jetzt eine breit angelegte Studie durchführen. Aber nicht jeder Parkinsonkranke ist für die Teilnahme an dieser Studie geeignet. Man sucht besonders früh erkrankte Männer, und ich bin mir ziemlich sicher, dass Sie, lieber Herr Hinteregger, alle Kriterien erfüllen, die zur Teilnahme an dieser Studie nötig sind. Die Reise- und Hotelkosten werden von dem Pharmakonzern übernommen. Wir werden Ihnen so bald wie möglich mitteilen, wo die Studie durchgeführt werden soll!"

Durch Toni ging ein Ruck. Es war gerade so, als habe der Arzt sich über die erlöschende Glut seines Lebens gebeugt und kräftig hineingeblasen. Da flammte wieder Hoffnung auf.

Der Arzt staunte über Tonis positive Reaktion. Normalerweise äußerten die Patienten nämlich in solchen Fällen erst einmal Bedenken. Sie erkundigten sich nach der Verträglichkeit des Medikaments, nach den Risiken und möglichen Nebenwirkungen.

Aber Toni wusste, dass er kaum eine Wahl hatte, darum ließ er sich bereitwillig auf dieses Angebot ein. Allerdings gab er dem Arzt zu bedenken, dass er nur teilnehmen könne, wenn die Studie im Winter durchgeführt würde, denn im Sommer sei er mit dem Vieh auf der Alm.

Der Arzt griff zum Telefon, konsultierte einen Fachkollegen in München und einen in Innsbruck und legte schließlich diesen Plan vor: „Herr Hinteregger, Sie müssen sich innerhalb der nächsten zwei Wochen umfangreichen Untersuchungen unterziehen. Die gewonnenen Kennzahlen werden dann nach München geschickt und dort ausgewertet. Erst dann wird sich entscheiden, ob Sie für diese Studie infrage kommen."

Nach langen Jahren verzweifelten Wartens auf Evi gab es zwar in dieser Hinsicht nicht das geringste Hoffnungszeichen, aber wenigstens zeigten sich im Kampf gegen die Krankheit ein neues Ziel und eine neue Herausforderung.

Toni verabschiedete sich mit dem Versprechen, in den nächsten Tagen seine endgültige Entscheidung mitzuteilen. Im Falle einer Zusage würde er dann vom Arzt zwei Untersuchungstermine bekommen.

Alois war beim Landmaschinenhändler gewesen und hatte sich über neue Holzspaltgeräte informiert, die man an den Traktor anbauen konnte. Er war gut gelaunt, denn er hatte das richtige Gerät gefunden und sogar schon bestellt. Die beiden Männer fuhren zusammen zum Kaufhaus, wo Marianna schon mit mehreren Einkaufstüten auf sie wartete. Sie war glücklich über ein paar schöne Stücke für ihre eigene Frühjahrsgarderobe und für die der Kinder. Alois freute sich mit ihr.

Sie waren bereits zwischen Brixen und Mühlbach, als Toni sich von der Rückbank meldete und über sein Arztgespräch berichtete.

Alois und Marianna waren wie elektrisiert. „Toni, das musst du machen! Im Winter hast du Zeit dafür. Und wenn die Wahl auf dich fällt, dann werden wir dich schon eine Woche entbehren können."

So rief Toni schon früh am nächsten Tag in der neurologischen Praxis an und gab sein Einverständnis für die Untersuchungen. Er solle sich gleich nächsten Dienstag in der Praxis einfinden, wurde ihm gesagt.

Am Sonntag machte sich Toni auf den Weg nach Bruneck, um am Hausgottesdienst der Familie Stocker teilzunehmen. Er war einer der ersten Gäste und wurde freundlich vom Hausherrn begrüßt.

Toni erschrak darüber, wie unendlich traurig Herr Stocker wirkte. Richtig alt war er geworden.

Seine Frau beachtete Toni kaum, als sie in den Salon kam.

Er ging trotzdem gezielt auf sie zu und begrüßte sie. Er zögerte auch nicht lange, sie zu fragen, ob es irgendein Lebenszeichen von Evi gebe.

Sie zuckte wortlos mit den Schultern, doch der Schmerz war deutlich in ihrem gealterten Gesicht zu lesen.

Gottlieb Stocker hielt eine bewegende Predigt. Er sprach über einige Verse aus dem Brief des Paulus an die Römer: „Ist Gott für uns, wer mag wider uns sein? Wer will die Auserwählten Gottes anklagen? Wer will sie verdammen? Christus ist hier, der gerecht macht."

Toni schaute verstohlen zu Frau Stocker hinüber. Sie schien abwesend, irgendwie weit weg. Vielleicht war sie in Gedanken in London bei ihrer Tochter, für die sie immer nur das Beste gewollt hatte.

In der abschließenden Gebetsgemeinschaft erwähnten viele Anwesende Evis Namen und baten Gott, er möge doch den Eltern ein Lebenszeichen schenken. Die anderen Kinder von Stockers hatten zum Teil schon eigene Familien, sie waren beruflich in Deutschland oder in Österreich tätig.

Als die übrigen Gäste gegangen waren, fragte ausgerechnet die Dame des Hauses, ob Toni zum Essen dableiben wolle. Er zögerte zunächst ein wenig, aber dann willigte er gerne ein. Die Hausangestellten hatten mittags frei, sodass sie ganz unter sich waren.

Nach dem Essen berichteten Herr und Frau Stocker unter Tränen, wie schwer die Ungewissheit über den Verbleib ihrer Tochter auf ihnen lastete. Sie erzählten von allen erfolglosen Versuchen, über das Internationale Rote Kreuz und ähnliche Einrichtungen an Evi heranzukommen. „Wir haben zwar die feste Gewissheit, dass unsere Tochter lebt, aber wir haben nicht die geringste Ahnung, wo sie sein könnte!"

Schließlich erkundigten sie sich fürsorglich nach Tonis gesundheitlichem Ergehen, denn sie hatten natürlich gemerkt, in welcher Verfassung er inzwischen war.

Seltsam, dachte Toni, da muss erst eine so schwere Lebenskrise über diese Familie kommen, dass diese Frau, die unter anderen Umständen vielleicht einmal meine Schwiegermutter geworden wäre, sich so verändert.

Äußerlich gealtert und vergrämt, war Evis Mutter doch spürbar und sichtbar ein neuer Mensch geworden. Die Erfahrung des Leides hatte die bisher so abweisende und distanzierte Frau zu einem Menschen gemacht, der Mitleid und Anteilnahme zeigen konnte. Ihre hohen Ziele, ihre akademischen und sozialen Ansprüche an die Partner ihrer Kinder waren in sich zusammengefallen. Was hätte sie jetzt darum gegeben, wenn ihre Tochter an Tonis Seite auf einem Bauernhof leben würde!

Sie blieben bis zum späten Nachmittag zusammen, nahmen sich Zeit zum Gebet und fühlten sich im Schmerz um Evi tief verbunden.

Evis Vater war berührt über den Verlauf des Gespräches. Spontan bot er Toni das Du an, was dieser erfreut annahm. „Wir sind doch Brüder in Christus", sagte Herr Stocker und reichte Toni die Hand: „Ich bin der Gottl."

Als er Tonis irritierten Blick sah, lieferte er die Erklärung für diesen Namen: „Bei uns in Schladming ist der Gottlieb der ‚Gottl'. Aber dieser Kosename bleibt in der Familie."

Toni konnte sich nicht vorstellen, diesen ehrwürdigen Mann mit „Gottl" anzusprechen. Und er wunderte sich, dass ihm gerade jetzt, wo es aus menschlicher Perspektive kaum noch möglich war, mit Evi zusammenzukommen, das Du angeboten wurde. Es war beinahe so, als sei er in die Familie aufgenommen worden.

Als Toni sich selbst zum Aufbruch mahnte, weil er den letzten Bus noch erreichen wollte, bot ihm Evis Vater an, ihn nach Hause zu bringen. Zu seiner Frau gewandt fragte er: „Willst du mitfahren, Schatz?"

Zu Tonis Überraschung willigte sie sofort ein.

So kamen sie gegen sieben Uhr abends auf dem Raffalthof an. Alois, der gerade vom Stall zum Wohnhaus ging, machte große Augen, als er den schweren BMW über den Kiesweg rollen sah.

Im selben Augenblick trat auch Marianna aus dem Haus, entdeckte Evis Eltern im Auto und fragte spontan, ob sie nicht ins Haus kommen wollten, nur für ein Viertelstündchen.

Stockers waren sehr erfreut, baten aber um Verständnis, dass sie diese Einladung nicht annehmen konnten. Da war so vieles, was sie an Evi erinnerte, das hätte die fast verheilten Wunden alle wieder aufgerissen.

Proband

Toni hatte seine Lebensperspektiven in jeder Hinsicht durchgespielt und war zu der Erkenntnis gekommen, dass die Teilnahme an der Studie die einzig sinnvolle Alternative darstellte.

Mit jedem Tag verringerte sich die Hoffnung auf Evis Rückkehr, und wenn die Krankheit weiter so voranschritt, dann würde er in Kürze nicht mehr arbeitsfähig sein. Er hatte nichts zu verlieren, keine Familie zu versorgen. Falls er den Test nicht überleben würde, wäre dies kein großer Verlust für die Menschheit, fand er. Und sollte die Teilnahme an der Studie ihm zwar nicht schaden, aber auch keine Besserung bewirken, dann hatte er oben auf der Almhütte seinen Strick, den er vor Jahren schon dort befestigt hatte. Es gab ihm ein Gefühl von Freiheit, um diese letzte Möglichkeit zu wissen.

Aber er rang auch mit einem anderen Gedanken: Seine Beschäftigung mit der Bibel und sein intensives Studium christlicher und weltlicher Literatur hatten ihn zu der Einsicht gebracht, dass sein Leben einmalig und wertvoll sei. Trotz seiner Einsamkeit durfte er dieses Leben nicht achtlos wegwerfen. Das war er Evi schuldig, und das war er seiner geliebten Lehrerin, der alten Bäuerin Walburga Schmid, schuldig. Aber auch Alois und Marianna, die ihm so viel gegeben hatten.

Nein, er durfte nicht über sein Leben verfügen. Gott hatte ihm dieses Leben geschenkt. Er hatte ihn schwere Wege geführt, ihm aber auch so viel Gutes mitten in allem Leid zuteilwerden lassen, dass er schon allein aus Dankbarkeit für all die empfangene Liebe und Fürsorge seinen Leuten ein solches Ende nicht zumuten durfte.

Nachdem Toni am Dienstagmorgen ein gründliches Bad genommen hatte, ging er zu Luigi, dem einzigen Italiener in Terenten. Der hatte im Keller seines Hauses eine kleine Friseurstube eingerichtet. Hauptberuflich arbeitete er in einem Friseursalon in Bruneck und nach Feierabend verschönerte er die Einwohner von Terenten.

Luigi sprach ein schreckliches Deutsch, darum wechselte Toni bald in ein fließendes Italienisch, das er sich in den Jahren auf der Alm selbst beigebracht und jeweils im Winter mit einer Schwester von Alois trainiert hatte. Es haperte nur noch ein wenig am Tempo – die Italiener haben es ja mündlich immer sehr eilig!

Toni bat nicht nur um einen Haarschnitt, sondern auch um eine gründliche Rasur. Und mit dem Ergebnis war er mehr als zufrieden. Nachdem er bezahlt und sich mit einem „mille grazie" verabschiedet hatte, musste er auf dem Weg zum Raffalthof dauernd über sein Kinn und seinen Hals streichen. Die Haut war buchstäblich so glatt wie ein Kinderpopo. Toni konnte sich nicht erinnern, zu welchem Anlass er einmal so korrekt rasiert unter die Leute gegangen war.

Als er auf dem Hof ankam, neckte ihn Marianna mit den Worten, er sehe ja gleich ein Jahr jünger aus! Toni zog seinen besten Anzug an – dieses Mal nicht den Lodenanzug. Er war pünktlich an der Bushaltestelle.

Nachdem er im Bus Platz genommen hatte, zog er einen Israel-

Reiseführer aus der Tasche und vertiefte sich darin. Er hatte sich in den letzten Monaten oft mit dem Staat Israel und seiner Geschichte beschäftigt. Dieses Land erlebte politisch eine Berg-und-Tal-Fahrt und sah sich ständig mit der Feindschaft seiner Nachbarländer konfrontiert. Aber es war trotzdem immer mit der großen Vision unterwegs, diesem weltweit zerstreuten Volk eine sichere Heimat und eine wirtschaftliche Existenz zu bieten.

Wenn das neue Medikament bei ihm gut anschlagen sollte und er körperlich wieder in besserer Verfassung sein würde, dann wollte er sich diesen Wunsch noch erfüllen: eine Reise nach Israel. Nicht als üblicher Tourist, sondern als einer, der sich bewusst noch einmal Ziele setzte und vielleicht durch diese Reise seinem körperlichen Verfall entgegenwirken konnte.

Die Damen in der Arztpraxis freuten sich anscheinend, ihn zu sehen, und führten ihn gleich in einen Behandlungsraum. Von diesen Räumen gab es mehrere; der Arzt betrat einen um den anderen und behandelte jeweils den Patienten, der dort schon auf ihn wartete.

Toni musste an einen Film denken, den er kürzlich in einer Veranstaltung des Bauernbundes gesehen hatte: eine Reportage über einen modernen bayerischen Milchviehbetrieb mit 100 Kühen. Nur zwei Mitarbeiter im Melkstand, der 1962 entwickelt worden war, erledigten die Arbeit in kürzester Zeit. Und die Kühe schienen ganz zufrieden zu sein. Toni war fassungslos.

Er hing noch diesem Gedanken nach, als der Arzt das Zimmer betrat und sich gleich für Tonis Bereitschaft zur Mitarbeit bedankte. Toni erwiderte: „Ich hab zu danken, Herr Doktor!"

Nun legte der Neurologe das Untersuchungsprogramm für diesen Tag fest, und auch für einen weiteren Tag in der kommenden Woche. Es sollten alle möglichen Tests gemacht werden: Blutuntersuchungen, aber auch Filmaufnahmen von Tonis Bewegungsabläufen und alles, was zu einer medizinischen Bestandsaufnahme dazugehört. Die ganze Prozedur dauerte drei Stunden.

Bevor Toni mit dem Bus wieder nach Hause fuhr, hatte er aber noch Zeit für einen Besuch in der Buchhandlung Athesia in der Laubengasse.

Er kam regelrecht beschwingt auf dem Raffalthof an. Die ganze Familie Schmid saß um den Tisch und wollte natürlich wissen, wie es ihm ergangen sei. Wie gerne hätte er die Seniorbäuerin am Tisch gehabt! Die hätte sich bestimmt über diese neue Perspektive gefreut, aber sie war im letzten Winter hochbetagt gestorben.

Toni hatte lange um sie getrauert. War sie es doch gewesen, die ihm eine hervorragende Grundausbildung gegeben hatte, sodass er sich in all den Jahren im Eigenstudium weiterentwickeln konnte. Auch in Bezug auf seine Erkrankung hatte sie ihn bis zum Schluss ermutigt, nicht aufzugeben, sondern den Kampf zu kämpfen, den Gott ihm auferlegt hatte.

Oft ging Toni abends auf den Kirchhof. Er verweilte erst am Grab seines Vaters, an den er sich ja nicht mehr erinnern konnte. Er war froh, dass Marianna Schmid wie selbstverständlich die Grabpflege übernommen hatte. Dann ging er zur Friedhofsmauer, wo eine kleine Tontafel mit einem Bild an den frühen Tod seiner Mutter erinnerte. Er berührte jedes Mal die Platte, als wollte er das Bild zum Leben erwecken, aber es blieb tot.

Anschließend ging er ein paar Meter weiter zur Familiengrabstätte des Raffalthofes, wo Walburga Schmid neben ihrem Isidor die letzte Ruhestätte gefunden hatte. In stiller Andacht dankte er Gott immer wieder, dass sich Isidor Schmid seiner angenommen hatte und dass er Walburga Schmid kennenlernen durfte.

Und während dieser Meditationen versprach er dem Herrn über

Leben und Tod, dass er verantwortlich mit dem Geschenk umgehen würde, das ihm die alte Bäuerin gemacht hatte: Sie hatte ihm den Weg zu einem fröhlichen und befreiten Christsein gezeigt.

Toni erwartete mit Spannung die Nachricht aus Brixen, die schriftlich bei ihm eingehen sollte. Nach drei Wochen kam das Schreiben auf dem Raffalthof an. Marianna überreichte es ihm mit einem nervösen Lächeln.

Er öffnete das Kuvert in ihrer Gegenwart und überflog den langen Text, um zum Fettgedruckten am Ende des Briefes zu kommen. Dort hieß es:

„Hiermit teilen wir Ihnen, sehr geehrter Herr Anton Hinteregger, das Ergebnis der Untersuchung mit: Der Typus Ihrer Parkinsonerkrankung ist für die Teilnahme an der Studie des neuen Medikamentes geeignet. Wir würden uns freuen, Ihre schriftliche Zustimmung zur Teilnahme zu erhalten, um Ihnen dann den Termin im kommenden Winter und den genauen Ort Ihres Aufenthaltes nennen zu können."

Marianna strahlte, Toni nicht weniger. Die Kunde verbreitete sich schnell im ganzen Haus, es war das Hauptthema beim Mittagessen.

Am Nachmittag rief Toni bei Stockers in Bruneck an und berichtete ihnen von seiner neuen Perspektive. Sie freuten sich von Herzen mit ihm.

Oxford

Eigentlich hätte Evi allen Grund gehabt, sich zu freuen. Sie war der Star des Tages. Das Studenten-Sinfonieorchester intonierte den zweiten Satz des Brandenburgischen Konzertes von J. S. Bach. Die barockkundigen Gäste zeichneten mit ihren Schultern die beschwingten Tonfiguren der Trompeten nach.

Nach einigen reichlich vorhersagbaren Reden und weiteren musikalischen Einlagen wurde Evi vom Kanzler der Universität nach vorn gebeten. Ihre Dissertation wurde hoch gelobt und mit einem „summa cum laude" gekrönt. Sie stand im Mittelpunkt des Festaktes zur Verleihung der Doktorwürde der Universität Oxford. Ihr Forschungsprojekt „Demenzerkrankung" im Fachbereich Neurologie wurde von der Fachwelt mit großem Interesse aufgenommen.

Sie hatte lange auf dieses Ziel hingearbeitet, aber die gesamte Zeit stand im Schatten der Jahre, die sie durch die L. D. C. verloren hatte. Sie hatte so viel kostbare Lebenszeit den Zielen dieser Sekte geopfert, war wie mit Blindheit geschlagen diesem Weltuntergangspropheten auf den Leim gegangen und dabei fast völlig unter die Räder gekommen. Aber sie hatte den Absprung geschafft, hatte die radikale Trennung von diesem totalitären System in frommem Gewand vollzogen.

Auf dem Weg zum Podest hatte sie halblaut gerufen: „Für Toni!" Sie bewegte sich etwas schwerfällig in der festlichen Robe, aber in Oxford musste das sein. Sie fühlte sich im feierlichsten Moment furchtbar einsam und dachte wehmütig, dass Toni in diesem prominent besetzten Auditorium am längsten geklatscht hätte, wenn er nur hier gewesen wäre.

Natürlich war sie ohne Familie zur großen Promotionsfeier gekommen. Ihre Kommilitonen waren jeweils mit ihrer ganzen Entourage angereist, mit Großeltern, Paten und Freunden. Doch außer einigen Freundinnen aus ihrer Zeit vor dem Eintritt in die Sekte war Evamaria Stocker völlig allein.

Wie hätten sich ihre Eltern gefreut, wenn sie Zeugen dieser großartigen Ehrung geworden wären! Ihre Mutter wäre vor Stolz förmlich abgehoben.

Aber Evi hatte sich bisher nicht dazu berechtigt gefühlt, den Kontakt zu ihrer Familie wieder aufzunehmen. Was sie ihren Eltern und Toni vor langer Zeit geschrieben hatte, war von ihnen so respektiert worden, wie sie sich das gewünscht hatte. Aber jetzt war ein wichtiger Lebensabschnitt zu Ende gegangen.

Sie feierte mit ihren Freundinnen noch ein wenig und kam mit der Bahn gegen Mitternacht in der Main Station in London an. Hier nahm sie ein Taxi, das sie nach Brixton bringen sollte. Sie hatte einfach keine Lust mehr, sich zu so später Stunde in die „Tube" zu setzen.

In der Wohnung angekommen, warf sie sich in einen Sessel und brach in Tränen aus, als wären die angestauten Emotionen der letzten Jahre mit einem Schlag freigelassen worden. Sie hatte ihr ehrgeiziges Studienziel erreicht und konnte ihre Freude nicht mit Toni teilen. In diesem Moment fasste sie den Entschluss, endlich wieder Kontakt zu ihm aufzunehmen.

Es war eine heiße Sommernacht. Evi öffnete die Fenster, aber die Luft stand förmlich zwischen den Gebäudekomplexen. Es dauerte nicht lange, bis sie in ihrer Fantasie bei Toni war. Der Mann, der ihr Leben so reich gemacht hatte, war zwar mehr als eine Schiffsreise von ihr entfernt, aber jetzt spürte sie ihn beinahe neben sich im Bett. Sie wühlte sich in die Kissen und stammelte immer wieder den Namen ihres Geliebten. Das Feuer der Leidenschaft für Toni war nicht erloschen.

Seitdem sie sich von der Sekte getrennt und den ganzen frommen Kram hinter sich gelassen hatte, war die Sehnsucht nach Toni immer stärker geworden. Evi war hart gegen sich selbst gewesen, um auf der Zielgeraden zur Promotion nicht in unnötige Schwärmereien zu verfallen. Aber jetzt war der ungeheure Druck weg und endlich war Platz in ihrem Kopf für das Wichtigste in ihrem Leben: Toni Hinteregger, den sie so hintergangen und enttäuscht hatte.

Evi stand wieder auf, ging ins Bad und betrachtete sich im Spiegel. Ihr Gesicht trug versteckte Spuren, Narben der Versklavung unter dem unheimlichen Diktat dieses Verrückten. Mit einem Anflug von Stolz dachte sie daran, dass sie wenigstens imstande gewesen war, seine erbärmlichen Versuche, ihr körperlich näher zu kommen, abzuwehren. Allein der Gedanke an Toni hatte ihr immer wieder Kraft gegeben, diesen plumpen Annäherungsversuchen zu widerstehen. Trotzdem quälte sie die Frage, warum sie dieses System nicht früher durchschaut, sondern so lange zu Mac Cormick gehalten hatte.

Sie zog sich ein Shirt über, setzte sich an den Tisch, nahm einen Schreibblock aus der Schublade und begann, einen Brief an Toni zu schreiben. Sie wollte ihm zwei Dinge berichten: den erfolgreichen Abschluss ihres Studiums und das Ende ihrer christlichen Überzeugungen.

Ihren Eltern hätte sie nicht berichtet, dass sie ihren Kinderglauben hinter sich gelassen hatte, aber Toni sollte es wissen. Es wurde ein langer Brief, und obwohl die Schrift zum Teil durch ihre Tränen verwischt wurde, schrieb sie weiter: von ihrer Sehnsucht nach ihm, von der Erschütterung ihres Glaubens, von der Distanz zu Gott und von der Scham darüber, dass sie Toni so lange im Unklaren gelassen hatte.

Nicht nur das, viel schwerer wog die Erinnerung an die kurze, leidenschaftliche Affäre mit ihrem Sektenkollegen Manuel. Aber diesen Part der Geschichte wollte sie vorerst noch für sich behalten.

Als Evi den Brief beendet hatte, war ihr klar, dass sie London verlassen musste. Sie hatte einen international hoch geschätzten Doktorgrad erworben, doch ihre Zeit in London und Oxford war abgelaufen, obwohl der Dekan der medizinischen Fakultät ihr eine Assistenzstelle bei einem der führenden Neurologen angeboten hatte.

Aber diesen Schritt in Richtung Forschung wollte sie nicht gehen, denn sie wollte Ärztin werden. Und sie wollte weg aus England.

Ihre Fantasie raste, als sie versuchte, in den Schlaf zu fallen. Es gelang ihr nicht. In dieser inneren Zerrissenheit wollte keine Müdigkeit aufkommen. Evi war hellwach.

Die Nacht war unerträglich heiß und stickig, sodass sie schließlich ins Bad ging und sich die Hände voll eiskalten Wassers ins Gesicht klatschte. Und während das Wasser an ihrem Körper herunterlief, spürte sie eine innere Reinigung. Das Dunkle der Vergangenheit löste sich auf, das Helle der Zukunft tauchte langsam wie die Morgensonne über der Themse auf.

Jetzt fiel die Spannung von ihr ab und kurze Zeit später sank sie in einen tiefen Schlaf.

Wende

Rechnungen und Werbung", stöhnte Marianna Schmid, als der Postbote ihr den Stapel Tagespost überreichte. Doch kaum hatte sie den Brief mit der englischen Briefmarke entdeckt, da zitterten ihre Hände. Sie spürte, wie ihr das Blut aus dem Gesicht wich und ihr schwindelig wurde.

„Lois, Lois, komm schnell, Toni hat Post aus London. Du musst den Brief sofort auf die Alm bringen!"

Alois Schmid war nicht der Schnellste, man hatte ihn nie rennen sehen. Er lief nicht, er schritt. Genau in dem Tempo, mit dem er – den Dirigentenstab in der Hand – vor der Blaskapelle beim Trachtenfest in Terenten herging.

Aber jetzt war er wie umgewandelt. Er sprang auf den Traktor, verstaute den Brief wie einen hochwertigen Scheck in der Innentasche seiner Wetterjacke, fuhr den Frontlader hoch und gab Gas.

Toni hatte nicht mit einem Besuch seines Chefs gerechnet, er war gerade dabei, den Wasserlauf zur oberen Viehtränke zu reinigen. Als er schon von Weitem das Geräusch des Traktors hörte, ließ er seine Schaufel und die Kreuzhacke liegen und ging Alois entgegen.

Der hatte schon die Tür der Fahrerkabine aufgestoßen und wedelte mit einem Brief in der Hand.

Toni traute seinen Augen nicht. Das Herz klopfte ihm bis zum Hals, und er zitterte so sehr, dass er sich auf die Bank setzen musste.

Alois überreichte ihm den Brief und verschwand dann in der kleinen Werkstatt unter der Sennhütte, um einige verbrauchte Weidezaunbatterien zu holen und auf den Traktor zu laden. Als er sie festgezurrt hatte, schielte er halb verlegen und halb besorgt zur Bank, um zu sehen, in welcher Verfassung Toni jetzt war.

Der junge Mann hatte seinen Kopf in die Hände gestützt und schluchzte laut auf.

Alois wollte still und leise zurück in die Werkstatt gehen, obwohl er dort nichts mehr zu tun hatte. Vielleicht sollte er einfach nach Hause fahren und seinen Knecht erst mal in Ruhe lassen.

Er musste jedoch nicht lange grübeln, denn Toni bat ihn, sich neben ihn zu setzen.

Alois wäre es lieber gewesen, wenn Marianna jetzt hier gewesen wäre. Doch er legte seinen Arm um Tonis Schultern und dachte bei sich, wie nahe sich Chef und Knecht über dieser tragischen Lebensgeschichte gekommen waren. Er hoffte inständig, dass Toni Freudentränen weinte, weil er eine gute Nachricht bekommen hatte.

Toni hatte ein tiefes Vertrauen zu Alois. Er fing sich mühsam und erzählte Alois nun in groben Zügen, was Evi geschrieben hatte:

„Stell dir vor, Alois, sie hat sich von der Sekte getrennt und ihr Medizinstudium erfolgreich beendet. Sie fragt, ob sie mich besuchen darf."

Die beiden Männer saßen noch eine Weile still zusammen und

konnten kaum fassen, was sich da zu ereignen begann. Sollte die Zeit der quälenden Ungewissheit tatsächlich vorüber sein? Schließlich schickte Alois sich an, wieder hinunter ins Dorf zu fahren. Toni bat ihn, auch Marianna zu erzählen, was Evi geschrieben hatte. Das versprach Alois gern und verabschiedete sich dann schnell.

Irgendwann stand Toni schwerfällig auf und kletterte zurück zu der Stelle, wo er sein Werkzeug liegen gelassen hatte. Er packte alles zusammen und machte sich auf den Rückweg zur Sennhütte. Nachdem er das Vieh versorgt und Feuer gemacht hatte, wärmte er ein wenig Milch und zog den Schreibblock aus der Nachttischschublade.

Er schob die Petroleumlampe zurecht, nahm den Stift und stellte erschrocken fest, dass er lange nichts mehr geschrieben hatte. Seine Hände zitterten unter dem gnadenlosen Regiment des Tyrannen Parkinson. Da er seine besondere Tablette immer morgens einnahm und es ihm danach auch ganz gut ging, verschob er das Schreiben des Briefes auf den nächsten Morgen.

Der nächste Tag begann sehr kühl und regnerisch, sodass Toni ohnehin keine Außenarbeiten machen konnte. So setzte er sich gegen neun Uhr an den Tisch und begann zu schreiben:

„Meine geliebte Evi!

Du wirst an meiner Handschrift erkennen, dass es mir körperlich nicht gut geht. Ich leide an einer Erkrankung namens Morbus Parkinson. Eines der ersten Symptome ist oft das auffällige Schriftbild. Die Ärzte sagen, dass die Krankheit normalerweise viel später ausbricht, aber bei mir ist vieles ganz anders.

In all den Jahren war meine Sehnsucht nach Dir und meine Hoffnung, Dich wiederzusehen, die Kraftquelle, mit der ich mein Leben und meinen Umgang mit der neuen Krankheit bewältigen konnte.

Meine Gedanken waren immer bei Dir. Ich habe jeden Tag für Dich gebetet und Du warst jede Nacht bei mir.

Die vielen Jahre ohne Lebenszeichen waren sehr schwer, aber nun weiß ich, dass Du lebst. Ich freue mich von Herzen mit Dir, dass Du den Doktortitel geschafft hast. Ich bin so stolz auf Dich, aber ich ahne auch, dass am Ende Deine Mutter recht behalten wird: Ein einfacher Viehhirte passt wirklich nicht zu einer erfolgreichen Frau Doktor.

Du bist ein freier Mensch. Sicher wirst Du jetzt nach einer neuen Lebensberufung suchen. Ein Ziel, für das Du Dich einsetzen willst. Dazu brauchst Du mich nicht. Was könnte ich Dir geben? Mit welcher Gabe könnte ich Dein hochbegabtes Leben bereichern?

Obwohl mir dies deutlich bewusst ist, vergehe ich vor Sehnsucht nach Dir und könnte die Krankheit viel leichter akzeptieren, wenn Du an meiner Seite wärst. Alles in mir verlangt nach Dir. Allein Deine Gegenwart würde mich gesund machen, selbst wenn ich krank bliebe. Wenn Du nur bei mir bist, ist meine Seele heil. Ich habe verstanden, dass Heilsein wichtiger ist, als geheilt zu sein.

Du sollst jedenfalls wissen, dass ich Dich mehr liebe als je zuvor. Und dass ich mich nie nach einer anderen Frau umgesehen habe. Ich habe inzwischen eine recht gute Beziehung zu Deinen Eltern. Ich bin mit Deinem Vater per Du und lerne sehr viel von ihm.

Es wäre sicher der schönste Tag in meinem Leben, wenn Du mich besuchtest, ob nun hier in unserer Heimat oder wo auch immer. Aber ich bitte Dich um eines: Komm bitte nur, wenn Du mich noch liebst! Ich kann weiter warten auf Dich, darin bin ich ja geübt.

Aber ich würde es nicht ertragen, wenn Du mich besuchtest, nur um Dich dann endgültig von mir zu verabschieden. Das ist meine herzliche Bitte.

Ich bete für Dich und gebe die Hoffnung nicht auf, dass wir eines

Tages zusammenfinden. Die Ärzte haben mir Mut gemacht, dass es in absehbarer Zeit ein neues Medikament geben wird, das mir vielleicht ganz neue Lebensperspektiven eröffnet. Mehr kann ich Dir momentan dazu nicht sagen. Du kennst Dich doch auf dem Gebiet viel besser aus als ich.

Ich werde nicht aufgeben. Aber wenn Du Deine Zukunft ohne mich leben willst, dann schreibe mir das bitte klar und deutlich, und besuch mich bitte nicht. Ich hoffe sehr auf Dein Verständnis.

In tiefer Liebe

Dein Toni

P.S.: Bitte verzeih meine schlechte Handschrift. Es geht nicht besser. Ich warte auf das neue Medikament. Ich werde übrigens demnächst an einer Pharmastudie teilnehmen."

Toni las den Brief noch einmal durch und fertigte dann eine Kopie an, indem er alles noch einmal abschrieb. Das Kuvert adressierte er an Frau Evamaria Stocker, Ph. D., Liverpool Square 91, London-Brixton.

Auf der Rückseite gab er seine Adresse Raffalthof in Terenten/Südtirol an.

Als am Nachmittag ein Hirte von der Englalm mit dem Motorrad vorbeikam, dachte er kurz daran, ihm den Brief mitzugeben, aber er verwarf den Gedanken schnell wieder. Er würde am nächsten Morgen ins Tal absteigen und den Brief höchstpersönlich bei der Post abgeben.

Gnade

London wirkte wie frisch gewaschen. In der Nacht war ein schweres Gewitter über die Stadt an der Themse gezogen, wolkenbruchartig waren die Wassermassen in die aufgeheizte Stadt geschossen und hatten den Dreck der heißen Sommertage in die Kanalisation gespült. Die Pflastersteine dampften noch immer, obwohl die Morgensonne schon die Fassaden und Straßenbeläge trocken gewischt hatte.

Evi Stocker lag im schwülen Zimmer auf ihrem Bett und fächelte sich mit der Zeitung des Vortages frische Luft zu. Neben ihr lag ein Brief aus Südtirol, der Brief von Toni. Sie hatte ihn schon zehn Mal gelesen, hatte das inzwischen feuchte Papier an sich gedrückt, als wollte sie Toni aus dem Papier pressen.

Die Zeit war reif für eine Entscheidung. Sie konnte nicht länger zögern, sondern musste jetzt einen folgenschweren Schritt tun, um nicht alles zu verlieren, was ihr wichtig war. Sie musste eine beherzte Entscheidung treffen – für ihren Liebsten, der jetzt unheilbar krank war, dem sie durch ihr jahrelanges Schweigen so viel Schweres zugemutet hatte. Und es musste bald geschehen.

Da sie jedoch keine Klarheit über ihren weiteren Weg hatte, musste sie unbedingt mit jemandem reden. Der Druck auf ihrer Seele war zu groß geworden. Deshalb packte sie Tonis Brief weg, zog sich an und verließ gegen sechs Uhr früh ihre Wohnung.

Sie nahm den Sechs-Uhr-dreißig-Zug vom Bahnhof King's Cross nach Oxford. Sie war umgeben von müden grauen Gestalten, die aus der Nachtschicht der Industriezonen Londons kamen und nach Hause aufs Land wollten. Bei jedem Halt stolperten einige von ihnen schlaftrunken aus den Abteilen. Auf der Hälfte der Strecke füllte sich der Zug dann wieder mit Passagieren, die so ganz anders aussahen als die Nachtschichtler aus den Fabriken. Jetzt war es das akademische Personal, das auf dem Weg in die Institute des ehrwürdigen Oxford ebenso müde in Bücher und Vorlesungsskripte starrte.

Die Getreidefelder entlang der Bahnstrecke waren zum größten Teil abgeerntet, ein Hauch von Herbst lag in der Luft. Es war Evi, als wäre auch ein Stück Herbst in ihr Leben gezogen. Hatte sie nicht mit Toni den Sommer des Lebens genießen wollen? Wie schnell war die üppige Pracht der Getreidefelder im braunen, umgepflügten Boden versunken. War ihre Liebe verwelkt, bevor sie richtig aufblühen konnte?

Der Dean of Students, Dr. Philipp McGary, erwartete Evi um kurz vor neun Uhr im altehrwürdigen Empfangsgebäude der Universität Oxford und bat sie, in sein Büro zu kommen. Der feingliedrige, ziemlich dünne Mann mittlerer Körpergröße steckte in einem etwas zu groß geschneiderten dunkelgrünen Anzug, der seine schmalen Schultern offenbar optisch ein wenig verbreitern sollte.

Oder war der beliebte und geschätzte Universitätskaplan krank und hatte an Gewicht verloren? Sein weißes Haar war straff nach hinten gekämmt, sein feines, aristokratisch geschnittenes Gesicht zierte eine randlose Brille.

Evi Stocker hatte schon öfter den Rat dieses erfahrenen Studentenseelsorgers gesucht. Nach einer entspannten Plauderphase bei Tee und Sahne ermutigte er „Mrs Dr. Stocker", mit ihrem Anliegen herauszurücken.

Daraufhin erzählte Evi ihre ganze Lebensgeschichte: von ihrer Kindheit und der christlichen Prägung, vom Raffalthof und der Begegnung mit Toni und von den letzten Jahren, die sie in den Fängen einer Endzeitsekte verbracht hatte. Nun stand sie vor der Entscheidung, ob sie den Rest ihres Lebens mit Toni, einem inzwischen unheilbar erkrankten Almhirten, verbringen wollte.

Dr. McGary hörte aufmerksam zu und ließ Evi eine Viertelstunde erzählen.

Dann schwiegen beide eine Weile, bis er spontan fragte, ob er für sie beten könne, wohl wissend, dass sie inzwischen mit dem christlichen Glauben gebrochen hatte.

„Gern", sagte Evi etwas verlegen.

Er nickte und neigte sich zum Gebet. „Unser Vater im Himmel, wir bitten dich, dass du dich offenbarst und wir deinen Weg erkennen. Dein Friede, der höher als unsere Vernunft ist, der bewahre unser Herz und unseren Verstand durch Jesus Christus, unseren Herrn. Amen!"

Der Seelsorger blieb in gebeugter Haltung und hielt seine Augen geschlossen, als wolle er sich durch nichts ablenken lassen.

Und Evi merkte plötzlich, wie unendlich gut es tat, ihr Leben vor dem Gott ihrer Kindheit ausbreiten zu können. Was war schon ihr Sichlossagen vom Glauben? Nichts. Gott war nur ein Gebet weit entfernt. Diese Erfahrung war so ganz anders als die Zusammenkünfte der L. D. C., wo der Guru mit Applaus auf die Bühne hochgejubelt wurde, um im Namen des Allmächtigen jede Art absurden Spektakels zu treiben.

Gottes Geist hingegen ist eine stille und unaufdringliche Kraft, nicht eine, die sich einpeitschen lässt und die Menschen zu willenlosen Opfern macht. Im stillen, hörenden Gebet kam Evis aufgewühltes Gemüt zur Ruhe. Ihre widersprüchlichen Gedanken sortierten sich allmählich durch nüchternes Abwägen und Prüfen.

Nach einer Weile fragte der alte Seelsorger, der Tausende von Oxforder Studenten in Fragen der Partner- und Berufswahl begleitet hatte, ob sie Frieden gefunden hätte.

„Was meinen Sie?", fragte Evi.

„Die Initiative liegt bei Ihnen, ich bin lediglich bereit, Ihnen zuzuhören! Ich lasse Sie jetzt eine Viertelstunde allein, und wenn ich wieder zurück bin, entscheiden Sie über den weiteren Verlauf unseres Gesprächs."

Als der Dean of Students mit einem Tablett wieder zurückkam, wusste Evi, was sie zu tun hatte.

„Bitte nehmen Sie von diesem Gebäck. Es ist ganz frisch aus der Mensa-Bäckerei!"

Aber Evi war nicht nach Gebäck zumute. „Ich möchte mich Ihnen in Bezug auf eine große Last anvertrauen", brach es halblaut aus ihr hervor.

„Frau Dr. Stocker, Sie wissen, dass ich das Seelsorgegeheimnis wahre?"

„Ja, ich weiß es", seufzte Evi. Und dann erzählte sie unter Tränen vom Verrat ihrer Liebe, von der abgrundtiefen Schuld, die sie auf sich geladen hatte. Diese Last drückte sie in die Verzweiflung. „Ich schäme mich so sehr, dass ich mich damals mit meinem Kollegen von der L. D. C. eingelassen habe, obwohl ich genau wusste, dass es nicht richtig war! Ich habe Tonis Vertrauen aufs Schmählichste missbraucht. Ich bin es nicht wert, ihm unter die Augen zu treten." Der alte Mann hörte mit geschlossenen Augen zu und sagte nichts.

Evi beruhigte sich nur langsam.

Schließlich stand der erfahrene Studentenseelsorger auf, legte seine Hand auf ihren Arm und sagte mit leiser, fester Stimme: „Wo die Sünde mächtig geworden ist, da ist die Gnade noch viel mächtiger! Wer will die Auserwählten Gottes beschuldigen? Christus ist hier, der gerecht macht! Frau Stocker, ich segne Sie im Namen des dreieinigen Gottes. Er reinige und heilige Sie und Ihre Gefühle und befreie Sie zu einer Begegnung mit Toni. Sie sollen ein Segen sein. Gehen Sie im Frieden des auferstandenen Christus!"

Sie saßen noch einige Minuten schweigend beieinander, bis Evi sich bedankte und sich verabschiedete.

Als sie auf dem Heimweg in der Bahn saß, ging ihr ständig diese Zusage durch den Kopf: „Wer will die Auserwählten Gottes beschuldigen? Christus ist hier, der gerecht macht!"

Der Gedanke, ihren Herzallerliebsten nach so vielen Jahren wiederzusehen, ihn jetzt aber im aussichtslosen Kampf mit seiner Krankheit zu erleben, machte sie erneut unsicher. Aber auf dem Hintergrund der erfahrenen Gnade und Barmherzigkeit Gottes wollte sie ihn auf der steiler werdenden Wegstrecke begleiten und ihm die Liebe schenken, auf die er so lange hatte verzichten müssen.

Nach der Rückkehr von Oxford ging sie früh schlafen. Kurz nach Mitternacht wurde sie wach und fasste einen Entschluss: Sie würde in einigen Wochen einen Flug nach München oder Innsbruck buchen.

Sie setzte sich an den Tisch und schrieb, von einer tiefen Sehnsucht getrieben, das erlösende Wort: „Toni, ich komme bald zu Dir!"

Das war der Befreiungsschlag, das war der endgültige Bruch mit der Vergangenheit und der Aufbruch in eine Zukunft, der sie nicht völlig optimistisch, aber doch mit einer gewissen Zuversicht entgegensah.

Schreiben

Es war ein trüber und nasskalter Herbsttag, als Toni sich nach dem kargen Mittagessen für eine halbe Stunde hinlegen wollte. Er saß auf der Bettkante und hatte größte Mühe, die steifen Beine ins Bett zu heben. Ohne den Halt am Strick, der wie ein Pendel über ihm hing, das die Zeit seiner zunehmenden Hinfälligkeit unerbittlich eingeläutet hatte, konnte er im Liegen nicht mehr die abgemagerten Beine heben.

Das waren die Augenblicke, in denen die Peiniger seiner Seele aus den dunklen Winkeln der Hütte gekrochen kamen und sich über ihn hermachten. „Na, du elender Krüppel, du erbärmliches Knochengerüst, was willst du denn der schönen Evi bieten? Deine Manneskraft hat dich doch längst verlassen. Schau dich doch an, du Tatterich, du kriegst deine Hemdknöpfe nicht mehr zu. Diese schöne Frau soll auf dich warten? Was bildest du dir eigentlich ein?"

Wann immer er sich zum Mittagsschlaf hinlegte, tyrannisierten ihn diese erbarmungslosen Stimmen. Und der Spott gipfelte immer wieder in der frivolen Frage: „Wo ist denn nun dein Gott? Hat er dich vergessen? Ist er vielleicht in Urlaub? Hätte er sich nicht abmelden können bei dir? Was ist das für ein Gott, der dich so in den Dreck dieser Krankheit wirft? Vielleicht hat er ja selbst Parkinson und kann dir darum nicht helfen!"

Es war gerade so, als würde der Leibhaftige seine übelsten Gesellen von der Leine lassen. Jeden Tag hörte Toni in seinem Innern die gleichen verächtlichen Worte, jeden Tag krümmte er sich unter den Lästerungen dieser satanischen Gesandten. Auf sie konnte man sich verlassen, sie kamen immer pünktlich.

In diesen dunklen Stunden nahm Toni immer mal wieder das Buch Hiob zur Hand, eines der ältesten Bücher der Bibel überhaupt. Wie oft hatte er sich schon über dieses gemeine Spiel empört, das in der jenseitigen Welt mit diesem armen Menschen getrieben wurde: Der Peiniger erhielt von Gott die Erlaubnis, Hiob bis zum totalen Zusammenbruch zu prüfen, aber er sollte darauf achten, dass der Geprüfte in diesem Test nicht umkam.

Wie oft war Toni bei dieser Stelle im Text hängen geblieben: „Nur nach ihm selbst strecke deine Hand nicht aus!" Hiob wollte sterben, aber er durfte nicht.

Mit solch einem Gott wollte man doch eigentlich nichts zu tun haben.

Es war ein langer, steiniger Weg des Zweifels, den Toni zurücklegen musste, bis er endlich zu den tiefen Schätzen dieses Buches vordringen konnte. Und irgendwann konnte er sagen: Wer am Buch Hiob seinen Glauben nicht fast verloren hat und nicht fast an Gott irre geworden ist, der wird nie auf die geheimnisvolle Kraft dieses Buches stoßen.

Damit er diese Einsicht erkennbar vor Augen hatte, wenn die Spötter aus ihren Löchern kamen, schrieb er mit wackligen Buchstaben auf die Rückseite eines großen Kalenders einige Zitate aus dem Buch Hiob:

„Gott hat sein Netz über mich geworfen!"

„Haben wir Gutes von Gott empfangen, warum sollten wir nicht auch das Schwere annehmen?"

Das waren seine Waffen gegen die Attacken aus der Finsternis. Daran hielt er sich fest, wenn der beißende Spott wie Platzregen in sein Leben hagelte.

Zwar hatte er von Evi die Nachricht erhalten, dass sie ihn besuchen würde, aber sie hatte ihm noch keinen konkreten Termin genannt. Offenbar brauchte sie noch Zeit, um einige Dinge in London zu klären. Während dieser zermürbenden Wartezeit suchte Toni immer wieder Zuflucht in der Welt seiner Bücher. Sie waren wie heilender Balsam für sein empfindliches Gemüt.

Mit der Zeit verspürte er sogar das Bedürfnis, selbst zu schreiben. Zum Beispiel einen fiktiven Brief an den Schweizer Schriftsteller Friedrich Dürrenmatt über dessen 1952 erschienene Erzählung „Der Tunnel".

Toni fand sich völlig in der Person des Bahnreisenden wieder, der irgendwann feststellen muss, dass der Führerstand der Lokomotive leer ist. Er fragt: „Was sollen wir tun?", worauf der Schaffner antwortet: „Nichts. Gott ließ uns fallen und so fallen wir denn auf ihn zu."

Dieser finale Satz nistete sich in Tonis Kopf ein. Und so setzte er sich hin und schrieb Friedrich Dürrenmatt einen Brief, ohne diesen jemals abzuschicken:

„Werter Herr Dürrenmatt, ich bin der Zugreisende in Ihrer Novelle ‚Der Tunnel'. Ich befinde mich im Sturzflug in die Katastrophe meines Lebens. Aber ich weiß besser als je zuvor, dass ich auf Gott zustürze und er mich auffängt. Ich sehe Licht am Ende des Tunnels. Und das sind nicht die Lichter eines entgegenkommenden

Zuges. Sondern es ist das Ende des Tunnels. Dort warten Licht und Wahrheit und Klarheit auf mich. Ich weiß es."

Irgendwann stieß er auf die Bücher von Hermann Hesse. Er fing an mit „Unterm Rad". Am Ende der Lektüre wusste er, dass er seine eigene Geschichte schreiben musste. Der Titel stand schon fest: „Abgrund" sollte das Buch heißen. Und es gab nur einen Leser, für den er schreiben wollte. Beziehungsweise eine Leserin: Frau Dr. med. Evamaria Stocker.

So wurde mitten im Schreiben, das zwar mit ständig zitternden Händen eine mühsame Arbeit war, seine grenzenlose Enttäuschung überwunden und neue Energie hervorgebracht. Toni schrieb gegen die Resignation an. Er signierte, statt zu resignieren. Sein Schreiben wurde ein befreiender Ausdruck seiner unerfüllten Träume, eine schonungslose Dokumentation seiner tiefen Niedergeschlagenheit.

Es war gerade so, als müsse er etwas fiebrig ausschwitzen, um gesund zu werden. Und die Tinte im Stift versinnbildlichte den Schweiß seiner schlaflosen Nächte. Eckig und kantig war die Schrift, die Buchstaben kippten nach vorne, sie ließen sich hängen wie der Autor sich selbst.

Das Dokument und sein Zustandekommen waren stimmig. Es wurde keine hasserfüllte Abrechnung mit einem grausamen Schicksal, sondern eine realistische Schilderung seiner Kindheit und Jugendzeit, durchsetzt mit einigen philosophischen Exkursen.

Irgendwann fragte Marianna, was er da bloß alles aufschreibe.

Fast trotzig sagte er, es handle sich lediglich um ein paar Erinnerungen, die er festhalten wolle. Aber er gab keinem Hausgenossen eine Leseprobe in die Hand. Der Tag würde kommen, an dem er Evi das Manuskript überreichen würde. Nichts und niemand konnte ihm diese Überzeugung nehmen. Und so wurde Toni zum Schreiber, im Winter mehr als im Sommer.

Irgendwann ging er zum Schmied Blasbichler, dem Busunternehmer und Betreiber einer Autowerkstatt, und gab eine Metallkassette in Auftrag. Darin wollte er die voll beschriebenen Seiten, in Bündeln gebunden, aufbewahren. Sie sollten nicht in verkehrte Hände kommen, wenn er zur Untersuchung in München sein würde. Kurz vor Weihnachten bekam er dann die Nachricht, dass er sich am 15. Januar für drei Wochen in der Neurologie des Klinikums rechts der Isar in München einfinden sollte. Anfang Januar fing er systematisch mit dem Packen an, genau nach einer Liste, die ihm sein Neurologe mitgeschickt hatte.

Da die hohen Schneeverwehungen es unmöglich machten, die Raffaltalm zu erreichen, um die Blechkassette mit seinen biografischen Aufzeichnungen dort oben sicher zu verstecken, entschied er sich für ein Versteck in der Scheune, und zwar in seiner ehemaligen Schlafkammer. Dort hob er einige Dielen an und deponierte sein Vermächtnis zwischen den Balken, an deren Unterseite eine Verschalung angebracht war, direkt über den Köpfen der Kühe. Anschließend nagelte er die Dielen sorgfältig wieder fest und zog die alte Kommode darüber.

Die Münchner hatten ihm eine Bahnfahrkarte mitgeschickt. So sollte er, ohne umsteigen zu müssen, von Brixen nach München Hauptbahnhof kommen. Alois und Marianna waren besorgt, ob er mit dem Gepäck zurechtkommen würde, aber die Klinik hatte zugesagt, einen Abholer zum Hauptbahnhof zu schicken.

Am Abend vor der Abreise bereitete Marianna ein Festessen zu. Es gab Kasnocken auf Speckkrautsalat. Die ganze Großfamilie war fröhlich beieinander, um Toni einen unvergesslichen Abschied zu gestalten.

Was dieser nicht wusste: Alois Schmid hatte auch Ehepaar Stocker dazu eingeladen. Sie kamen als Überraschungsgäste. Da sowohl Herr als auch Frau Stocker erschrocken waren, wie sehr sich Tonis Zustand verschlechterte, hatten sie sich über die bevorstehende Studie kundig gemacht. Sie hofften von ganzem Herzen auf ein Wunder.

Toni war so gerührt von so viel Liebe und Fürsorge, dass ihm ständig die Tränen in den Augen standen.

Gottlieb Stocker betete am Schluss und segnete Toni für den Aufenthalt in München. Dann steckte er ihm die Adresse einer Ordensfrau zu, die im noblen Münchner Stadtteil Bogenhausen wohnte und sich dort in einer evangelischen Gemeinde um Kranke und Bedürftige kümmerte.

Diesen Zettel bewahrte Toni gut auf. Vielleicht würde er tatsächlich Hilfe brauchen.

Es war spät geworden, als Stockers sich im Schneetreiben auf den Heimweg machten.

Alois und Marianna wollten es sich nicht nehmen lassen, ihren treuen Hausgenossen am nächsten Morgen zum Bahnhof nach Brixen zu bringen. Toni hatte kaum geschlafen, als er um halb sechs zum Frühstück wankte. Es hatte die ganze Nacht geschneit, aber Alois hatte vorsorglich die Schneeketten auf den Geländewagen gezogen. So kamen sie pünktlich in Brixen an und konnten Toni zum Zug bringen.

Der Abschied war herzlich und innig. Toni war so dankbar für diese kostbaren Menschen, die ihm Schutz und Heimat und Arbeit geboten hatten.

Der Brennerpass lag noch in völliger Dunkelheit, aber Toni konnte die Schneepflüge sehen, die schwer zu schaffen hatten, um die Passstraße frei zu bekommen. Bald fiel er in einen tiefen Schlaf. Er verschlief Innsbruck, aber kurz vor München wurde er hellwach. Schon fünfzehn Minuten vor der Ankunft hatte er seinen Koffer aus dem Netz gewuchtet und war startklar.

Befreiung

Evi hatte nun Zeit, sich auf die Begegnung mit Toni vorzubereiten. Und sie genoss zum ersten Mal in ihrem Leben die Freiheit,
nicht glauben zu müssen, sondern es zu dürfen.

Sie hatte irgendwann aufgehört zu beten. Und nun entdeckte sie
tatsächlich, dass nichts passierte, wenn sie nicht mehr betete! Sie
genoss diese Weite – raus aus der angstvollen Enge einer vehemen-
ten Religiosität, die dauernd für alles Rechenschaft ablegen musste.
Das war eine Freiheit, die ihr guttat.

Die Bibel, die sie früher unter einem inneren Zwang täglich gelesen hatte, verschwand auf ihrem Nachttisch unter Zeitungen und
Magazinen, vor allen Dingen unter kritischer Literatur, die mit Gott,
Glaube und Kirche aufräumen wollte. Nichts und niemand sollte sie
noch einmal unter religiöse Zwänge bringen!

Sie traf sich immer öfter mit Freigeistern jeglicher Art. Mit
Atheisten und Baptisten, mit Anglikanern und Amerikanern, mit
Methodisten und Idealisten. Die meisten von ihnen waren fröh-
liche, entspannte Leute, die einen sympathischen und hilfsbereiten

Lebensstil pflegten und dabei nicht verbissen irgendeinem Guru folgten.

Und diese Leute waren auf so wohltuende Weise nicht auf Bekehrung aus. Sie wollten niemanden gewinnen und niemanden überzeugen. Evi hatte auf sehr bittere Weise erleben müssen, was es hieß, für irgendeine Überzeugung „gewonnen" zu werden. Das funktionierte nur, indem der andere verlor.

Diese Wochen nach ihrer Promotionsfeier, die schließlich zu Monaten wurden, waren für Evi eine Art religiöse Entschlackungskur. All die antrainierten Verbote, der stetige Zwang zum öffentlichen Bekenntnis, das Bangen um ein seliges Ende, die ständig geschürte Angst vor dem göttlichen Endgericht, die Furcht vor dem Zorn Gottes – das alles fiel von ihr ab.

Und doch wusste sie sich vom Gott ihrer Kindheit geliebt und verstanden. Wenn Toni nach all den Jahren der bitteren Enttäuschung immer noch auf sie wartete, dann musste das etwas mit seinem Glauben zu tun haben. Diese Einsicht wurde zum eisernen Bestand ihrer Weltanschauung. Daran gemessen, wurde alles andere nebensächlich: die Kirche, der Gottesdienstbesuch, die Mitarbeit, die Bibel.

So wurde sie reduziert auf Gott selbst, nicht auf ein Buch, ein Dogma oder einen Pflichtenkatalog. Gott selbst, der einen Namen hat, nämlich Jesus Christus, gab ihr Schutz und Geborgenheit und öffnete ihr die Augen für seine Wirklichkeit.

Je mehr sie ihren alten Glauben verlor, je mehr ihr die religiöse Welt mit deren Forderungen fremd wurde, umso mehr spürte sie den Halt, den dieser neue und ganz andere Gott ihr vermittelte. Sein Wesen war Liebe. Sonst nichts. Selbst sein Zorn war Ausdruck seiner Liebe.

Je kritischer sie sich selbst sah, umso leichter fand sie zurück zu dem Gott, der ein Herz für die Schwachen hat, für die Zweifler, für die Ungläubigen. Dieser Gott herrscht und teilt nicht nach römischen Vorbild, sondern er überwindet die Teilung. Seine Herrschaft ist keine Demokratie, keine romantische Monarchie und auch keine sozialistische Kommune.

Er dient den Menschen mit Liebe, Geduld und Barmherzigkeit. Und sein finales Gericht wird pure Gerechtigkeit sein, ein von der Liebe getragenes Urteil: Freispruch vom Diktat der Sünde. Nie wieder aus Angst vor einem zornigen Gott auf allen Vieren kriechen müssen, sondern, von ihm gehalten, wieder auf die Beine kommen.

Als Evi sich vom Druck ihrer religiösen Vergangenheit befreite, zog eine tiefe Gelassenheit in ihrer Seele ein. Sie nahm Urlaub vom frommen Pflichtprogramm und fand zu dem Gott zurück, dessen Wesen Liebe ist, nicht Strafe.

Sie wurde von einer Kämpferin für die reine Lehre, von einer Prophetin des Untergangs zur Botschafterin der Hoffnung. So schrieb sie beim Aufräumen ihrer Wohnung und beim Packen der Koffer dieses Bekenntnis in ihr Tagebuch:

„Ich glaube an Jesus Christus. Er hat nie ein Buch geschrieben, keine Religion gegründet, nicht getauft, keine Kirchen gebaut, keine Waffen getragen, kein politisches Mandat ausgeübt und kein Geld verdient. Er hatte keinen Haus- und Grundbesitz, keine Privatarmee, keine Bodyguards. Er war nie bewaffnet und hat kein Land erobert. Er war Fremdling, Ausländer, Asylant und nirgends zu Hause.

Er hat die Not seiner Zeitgenossen gesehen, er hat geliebt, gelehrt und geheilt und die Menschen vom Bösen erlöst. Er war gehorsam bis zum Tod am Kreuz und ist drei Tage später vom Tod auferstanden. Er lebt – auch in seiner Botschaft, der Bibel, in den Worten und Taten seiner Nachfolger und in den Herzen derer, die sich ihm glaubend anvertrauen."

Ganz allmählich fand sie wieder Zugang zu diesem rätselhaften Buch der Bücher. Sie entdeckte die Erzväter Israels, die Propheten, die Evangelisten und die Apostel ganz neu – aber jetzt ohne Auflagen, Vorgaben und vor allen Dingen ohne Scheuklappen. Die Bibel von Jesus her zu verstehen, von ihm her zu deuten, das wurde ihr zum heilsamen Rückweg zu den Glaubensfundamenten ihrer Kindheit. Und sie las Bücher, vor denen Mac Cormick immer gewarnt hatte.

Irgendwann wusste sie, dass sie Toni bald wiedersehen würde. In Gedanken war sie Tag und Nacht bei ihm – dem Zittermann von der Raffaltalm. Ihrem Geliebten.

Sie hatte sich so viel Zeit nehmen können, um ein neues Fundament für ihr Leben zu finden, weil Toni tapfer Wache hielt. Er hatte unermüdlich auf sie gewartet. Doch ihr zukünftiges Leben als Ehefrau und vielleicht sogar Mutter sollte von den Altlasten befreit sein. Nur dann würde sie ihm zumindest annähernd vergelten können, was er ihr durch seine unerschütterliche Treue geschenkt hatte.

München

Der Kurier von der Münchner Klinik hielt sein Schild „Anton Hinteregger" so hoch, dass der gebeugt daherschlurfende Gast aus Südtirol es gar nicht sah.

Aber der hellwache Oberbayer hatte den „Datterer", wie die Bayern einen Tremorpatienten nennen, gleich erkannt. Er habe heute schon mehrere Gäste für die Studie abgeholt, berichtete er im Auto.

In der Klinik angekommen, wurde Toni freundlich empfangen und bekam sein Zimmer zugewiesen. Er war zum ersten Mal im Leben im Ausland. Und dann gleich in der Großstadt. Er hatte viel über München gelesen, aber es war ihm trotzdem alles fremd: die Gerüche, der Lärm der Straßen, das Tempo der Menschen. Die waren alle derart hektisch unterwegs, als ob sie von einem wild gewordenen Stier vor sich hergetrieben würden. Der Dialekt klang ein wenig vertraut, aber er war doch anders.

Worauf hatte er sich da eingelassen?

Nachts bekam er kaum ein Auge zu. Würde man ihm helfen können, würde sich der ganze Aufwand lohnen? Und wozu hätte Evi ihm geraten?

Eigentümlich, dachte Toni bei sich. *Die Frau meines Lebens ist Ärztin, und ich sitze allein hier, jetzt, wo ich ihren Rat so dringend gebraucht hätte.*

Und da war sie wieder, die tiefe Sehnsucht seines Herzens. Eine Frage trieb ihn täglich um, gerade jetzt: Wie lange würde Evi noch brauchen, um mit sich und ihrer Geschichte ins Reine zu kommen?

Trotzdem war in Tonis Seelenleben eine gewisse Ruhe eingekehrt. Die Empörung war aus seinem wunden Gemüt gewichen und Barmherzigkeit war eingezogen.

Wer bin ich, dass ich mich beschwere?, fragte er sich immer wieder. *Hab ich nicht Grund zur Dankbarkeit: für die Familie Schmid vom Raffalthof, insbesondere für meine verstorbene Hauslehrerin, für die Entdeckung Evis, die kostbaren Jahre mit ihr und auch die schweren Jahre ohne sie. Haben die Widrigkeiten mich nicht näher zu Gott gebracht?*

Die Gewissheit, Evi bald wiederzusehen, war wie ein sicheres Fundament geworden, auf dem er zuversichtlich das gemeinsame Lebenshaus planen wollte.

Um 7:30 Uhr sollten sie zum Frühstück erscheinen – er und die anderen Probanden, die sich am Vorabend schon miteinander bekannt gemacht hatten. Toni war schon um sieben Uhr da, weil er es einfach nicht mehr auf seinem Zimmer ausgehalten hatte.

Eine der Mitarbeiterinnen im Speisesaal redete ihm, dem „Öhi von der Alm" – wie sie ihn bald nannten –, aufmunternd zu, sich keine Sorgen zu machen, es würde schon alles gut werden. Sie wurde seine Ermutigerin. Und immer, wenn er sich bedanken wollte, sagte sie: „Basst scho!"

Ein anderer Studienteilnehmer aus Nürnberg erklärte ihm später, dass diese Krankenschwester aus dem Frankenland käme, dort würde man fränkisch sprechen.

Toni nahm eine Scheibe Brot, bestrich sie zittrig mit Marmelade und trank ein wenig Kaffee dazu, aber er hatte einfach keinen Appetit. Er blieb seinem Speiseplan treu. Auf der Alm hatte er auch keinen Lachs. Und das, was die hier „Semmeln" nannten, war so ärmlich, dass er dankbar dafür war, dass Marianna ihm noch drei flache, runde Laibe Anisbrot eingepackt hatte. Mit jedem Bissen schmeckte er Heimat.

Um neun Uhr versammelten sich alle im Tagungsraum. Die Leiter der Studie stellten sich vor: eine Pharmakologin von der Klinik und ein gewisser Dr. Nathanael Rosenholz von der Universität Haifa in Israel. Das Projekt lief unter dem Name „Bromocriptin".

Der Vormittag verging wie im Fluge. Die zwölf Probanden wurden ausführlich instruiert und auch auf die Risiken dieser Studie hingewiesen. Sie wurden genau über den Stundenplan der ganzen Woche informiert und in die Details der Studie eingeführt. Jede Menge Papierkram musste erledigt werden.

Jeder Proband musste täglich eine bestimmte Tablette einnehmen. Allerdings wusste keiner, ob er das Original oder ein Placebo verabreicht bekam. Zwischen der Einnahme der Tabletten und den Mahlzeiten wurden die Probanden immer wieder untersucht, um mögliche Nebenwirkungen früh zu erkennen und die betroffenen Probanden eventuell aus der Versuchsreihe herauszunehmen.

Es stellte sich bald heraus, dass einige der Probanden Schwierigkeiten hatten, sich auf die Studie einzulassen. Toni gehörte jedoch zu denjenigen, die keine Nebenwirkungen fürchten wollten, solange auch nur die Aussicht bestand, dass ihnen mit dem neuen Medikament geholfen werden konnte. Zwischendurch erschien immer wieder geschultes Personal, das mit guten Argumenten aufwartete, um möglichst alle Probanden an Bord zu behalten.

Bereits nach einigen Tagen spürte Toni die Wirkung dieses neuen Medikamentes: Die Zitterattacken nahmen spürbar ab, sein ganzer Bewegungsablauf wurde geschmeidiger, die Muskelsteifheit ging zurück, seine Gesichtsmuskulatur wurde wieder beweglich. Er vertrug das Medikament offensichtlich sehr gut.

Mögliche Nebenwirkungen konnten sich natürlich auch erst später zeigen, das war ihm bewusst. Er war nüchtern genug, um zu erkennen, dass seine Krankheit nicht geheilt werden konnte. Aber er war voller Hoffnung und Zuversicht, dass ihr Fortschreiten durch dieses neue Medikament ausgebremst werden könnte. Die Leiter der Studie waren ebenfalls zufrieden und verbrachten viel Zeit mit Toni und denen, die so positiv auf das Medikament reagierten.

Nach einer Woche fasste sich Toni ein Herz, rief auf dem Raffalthof an und erstattete Bericht. Die Freude war groß. Marianna Schmid versprach ihm, auch bei Familie Stocker in Bruneck anzurufen und die gute Nachricht weiterzusagen.

Irgendwann stieß er in seinem Gepäck wieder auf den Zettel, den Gottlieb Stocker ihm vor seiner Abreise nach München zugesteckt hatte. Mithilfe des Stadtplanes fand er heraus, dass er zu Fuß in dreißig Minuten in der Maria-Theresia-Straße sein könnte, die in einem noblen Viertel des Stadtteils Bogenhausen direkt an der Isar und am Friedensengel lag.

Vielleicht war es gar keine schlechte Idee, einmal einen kleinen Ausflug dorthin zu unternehmen? Toni empfand den Trubel und die Hektik der Großstadt inzwischen als nicht mehr ganz so einschüchternd wie zu Beginn seines Aufenthalts. Er hatte sogar eine gewisse Neugier entwickelt und freute sich darauf, immer wieder neue Leute kennenzulernen.

Unter der angegebenen Adresse wohnten drei evangelische Ordensfrauen, die zu einem mittelfränkischen Kloster am Altmühlsee gehörten. Die Schwestern hatten nach dem Krieg in der Maria-Theresia-Straße betuchte Herrschaften gepflegt. Und nach deren Ableben war die Immobilie dem Frauenorden überschrieben worden.

So berichteten es ihm jedenfalls die Schwestern, die ihn herzlich aufnahmen, als er sich spontan zu einem Besuch bei ihnen entschloss. Sie boten ihm einen Imbiss an und luden ihn zu der Bibelstunde ein, zu der eine Stunde später fünfundzwanzig Leute erschienen, von denen die meisten in Tonis Alter waren.

In einer kurzen Vorstellungsrunde erzählte er von der Studie, die ihn nach München geführt hatte, und von der deutlichen Besserung seines Leidens, was von allen Gästen mit großer Anteilnahme aufgenommen wurde. Man war sich so nahe und vertraut, als würde man sich schon lange kennen.

Nach einer kurzen Einführung in einen Bibeltext aus dem Johannesevangelium, Kapitel 9, ging es in eine rege Debatte.

Toni hörte gespannt zu, beteiligte sich aber nicht aktiv an dem Gespräch. Er war es gewohnt zuzuhören. Er fühlte sich in den Hausgottesdienst bei Familie Stocker versetzt: die gleichen Rituale, die gleichen Lieder, die gleiche geistliche Atmosphäre.

An diesem Abend gewann er jedoch eine Einsicht, die für ihn sehr wichtig werden sollte. Den Bibeltext, der hier behandelt wurde, hatte er im Lauf der Jahre schon mehrmals gelesen, aber noch nie war ihm bewusst geworden, welche Bedeutung diese schlichten Worte für ihn selbst haben könnten:

Die Männer, die mit Jesus unterwegs waren, hatten ihren Meister angesichts eines blinden Mannes gefragt, ob er oder seine Eltern gesündigt hätten.

Jesus verblüffte sie mit einer überraschenden Antwort: „Weder er noch seine Eltern haben gesündigt. Dieser Mann ist blind, auf dass das Handeln Gottes in seinem Leben offenbar werde!" Dieser Satz war die so lang ersehnte Antwort auf die quälende Frage seines Lebens: Warum bin ich krank? Es war der Schlüssel zum Geheimnis seines Schicksals: Weder seine Vorfahren noch er selbst waren von Gott bestraft worden.

Dieses Gefühl, dass die Krankheit eine Strafe Gottes sei, hatte sich in seine Seele geschlichen und sich dort eingenistet – wie ein Krankheitskeim, der eine schwere Entzündung hervorruft. Aber jetzt war die tiefere Ursache seiner Verzweiflung lokalisiert worden, sodass die Heilung einsetzen konnte.

Nachdem sich die Runde aufgelöst hatte, boten ihm die Ordensfrauen an, mit ihm und für ihn zu beten.

Toni nahm dieses Angebot dankbar an. In dieser kurzen Gebetsgemeinschaft hatte er das Gefühl, dass Jesus Christus selbst gegenwärtig sei und ihn berühre. Es war so, als wäre er von einer geistigen Blindheit geheilt worden. Selbst wenn die Pharmastudie nicht den erhofften Erfolg zeigen würde, so war dieser Abend für den Almhirten aus Südtirol eine Sternstunde. Das Handeln Gottes sollte an seinem zittrigen Leib und in seiner bebenden Seele offenbar werden.

Die Schwestern vereinbarten einen weiteren Termin mit ihm und luden ihn ein, beim übernächsten Mal ausführlich aus seinem Leben zu erzählen. Dann brachten sie ihn mit dem Auto zurück zur Klinik.

Toni kam es so vor, als sei er Engeln begegnet. Und er hatte eine neue Perspektive entdeckt: An seinem Leben sollte etwas ablesbar werden von der Liebe Gottes. Sogar durch seine körperliche Begrenzung konnte und wollte sich Gott offenbaren.

Anstoß

Evi machte sich Gedanken über die Zukunft: Wo immer es sie mit Toni hinverschlagen würde, sie würden sehr einfach leben, weil sie nicht viel brauchten. Auf einem kleinen Berghof im Pustertal vielleicht? In einem einfachen Haus im Grödnertal? In einer Wohnung in Bruneck oder Meran?

Aber jetzt ging es um einen ersten Treffpunkt. Bloß nicht in Terenten oder Bruneck. Am besten in einer größeren Stadt, in der sie beide noch nie zusammen gewesen waren.

Evi traf sich noch einmal mit einem Kollegen aus der neurologischen Forschung in Oxford, um sich auf den neuesten Stand der Parkinsontherapie zu bringen. Sie berichtete ihm von der Parkinsonerkrankung eines Jugendfreundes und dass dieser an einer Pharmastudie teilnehmen sollte.

Auf einmal wurde der Kollege stutzig. Er schien eine abenteuerliche Idee zu haben. „Weißt du, wo diese Pharmastudie durchgeführt wird?"

„Keine Ahnung. Wieso willst du das wissen?"

Der Kollege grinste sie verschmitzt an und zog die Augenbrauen hoch.

Evi fragte verwirrt, was mit ihm los sei.

„Evi, einer meiner besten Freunde ist Neurologe, sein Name ist Nathanael Rosenholz. Er leitet zurzeit eine Pharmastudie zur Herstellung eines neuen, vielversprechenden Parkinson-Medikamentes, an dessen Entwicklung in Haifa gearbeitet wird."

Evi wurde heiß und kalt zugleich. Sie warf sich den Pulli über die Schultern und band die Ärmel vor der Brust zusammen. „Das heißt, dass Anton Hinteregger unter den Probanden sein könnte?"

„Genau das heißt es! Wollen wir Nathanael anrufen?" Bevor Evi reagieren konnte, zog der Kollege sein Adressbuch hervor und verschwand in einem Restaurant. Er bat in der Rezeption um eine Telefonverbindung und rief im Forschungslabor an, das sich im Norden Haifas befand.

Kurze Zeit später kam er wieder heraus und hielt Evi die Telefonnummer von Dr. Rosenholz in München unter die Nase. „Nathanael ist für vier Wochen in München und leitet dort die Studie. Wollen wir ihn anrufen und nach Toni fragen?"

Evi stieg das Blut in den Kopf. Es war ihr gerade so zumute, als würde sie hinauf zur Raffaltalm gehen und hinter den letzten Bergfichten ihren geliebten Toni erkennen.

„Ja, ruf an! Ich will wissen, ob Toni dabei ist!"

In fünf Minuten kam der Kollege zurück und strahlte übers ganze Gesicht. „Dein Freund ist höchstwahrscheinlich Teilnehmer dieser Studie, ein ‚Bergbauer Mitte dreißig aus Südtirol'. Mehr wollte man mir nicht verraten. Wenn ich meinem Ansprechpartner nicht den Hintergrund meiner Frage erläutert hätte, wäre er gemäß seiner Schweigepflicht noch zurückhaltender geblieben. Aber er hat ja den Namen nicht genannt."

Evi sprang auf, umarmte den Kollegen stürmisch und verabschiedete sich. „Ich fliege sofort nach München! Ich muss Toni sehen. Jetzt muss es sein."

Der Kollege hatte von Dr. Rosenholz erfahren, dass die Parkinson-Studie bis zum 7. Februar dauern würde. Der aktive Teil sei bereits absolviert, jetzt stünden die Probanden nur noch unter Beobachtung. Glücklicherweise kannte er in München ein christliches Gästehaus, das nicht weit vom Klinikum entfernt war. Er gab ihr die Telefonnummer und Anschrift.

Eine Stunde später hatte Evi den Flug gebucht und in dem Gästehaus im Stadtteil Bogenhausen für drei Tage ein Zimmer reserviert. Sie würde morgen Vormittag mit dem Linienbus nach Heathrow fahren, um 12:30 Uhr würde der Flieger starten und knapp zwei Stunden später würde sie in München eintreffen.

Evi war so aufgewühlt, dass an Schlaf nicht zu denken war. Sie stand vor dem Spiegel und probierte verschiedene Kleidungsstücke an, um schließlich viel zu viele in ihren Koffer zu stopfen.

Das Wiedersehen

München war weiß gepudert. Schnee, so weit das Auge reichte, Sonne und moderate zwei Grad minus. Evi hatte während des Fluges keinen Augenblick geschlafen, so aufgeregt war sie gewesen. Wie ein Teenager vor dem ersten Date, von dem die Eltern nichts erfahren sollen.

In den großen Spiegelwänden der Empfangshalle in München-Riem sah sie sich als sportliche Frau: blond, forsch, zielstrebig und immer noch attraktiv. Natürlich wurde sie von keinem erwartet, niemand wusste von ihrer Ankunft.

Sie fand die S-Bahn Richtung Stadtmitte, wechselte in die Tram und stieg in der Ismaninger Straße aus, von der es nur fünf Minuten bis zum Haus der Ordensfrauen in der Maria-Theresia-Straße waren.

Sie betrachtete das cremefarbene dreistöckige Gebäude, in dem sich offenbar mehrere Wohnungen sowie einige Seminarräume und Gästezimmer befanden. In der Umgebung ragten diverse Botschaftsgebäude auf. Evi schellte und war gespannt auf die Begegnung.

Sekunden später stand eine strahlende Ordensfrau in der Tür, die sich mit „Schwester Grete" vorstellte und ihr beide Hände entgegenstreckte. „Frau Dr. Stocker, ganz herzlich willkommen bei uns! Wir haben uns auf Ihre Ankunft gefreut, denn wann bekommen wir schon einmal Besuch aus London?"

Evi wurde in ein kleines Empfangszimmer geführt. Die Schwester nahm ihr den Mantel ab.

Wie auf ein unsichtbares Zeichen hin betrat nun eine weitere Ordensfrau mit einem Tablett den Raum und servierte Kaffee, Milch, Tee und Kuchen. Sie stellte sich mit „Schwester Margarete" vor und sprach mit einem schwäbischen Akzent: „Ich bin für die Jugendarbeit hier im Haus verantwortlich!"

Schwester Grete, die Güte in Person, nahm Platz und ermutigte den Gast, doch reichlich zuzugreifen. Ihr schönes rundes Gesicht war von einer makellos gestärkten Haube eingerahmt. Sie trug eine randlose Brille mit goldenen Bügeln. Ihr Habit bestand aus einem dunkelblauen Kleid mit weißem Kragen.

Es waren noch zwei weitere Schwestern im Haus, die gerade dabei waren, den Weihnachtsschmuck abzuhängen und sorgfältig zu verstauen, denn am Nachmittag sollte eine Kinderstunde stattfinden. Sie entschuldigten sich vorsorglich für den Lärm, der das Haus bald erfüllen würde.

„Wir lieben Kindergeschrei", sagte Schwester Grete. „Nicht umsonst hat Jesus einmal gesagt: Lasst die Kinder zu mir kommen und wehret ihnen nicht!"

Die Schwestern spürten, dass ihr Gast müde war. Sie führten Evi hinauf ins Dachgeschoss, wo sich vier Gästezimmer befanden. Ein blitzsauberes Badezimmer war auch vorhanden.

Evi betrat mit dankbaren Worten ihr Quartier. Sie fühlte sich sofort wohl: Der Blick aus dem Fenster war bezaubernd. Der Park an der Isar war von feinem Puderschnee bedeckt. Ganz links sah man den goldenen Friedensengel.

„Wann dürfen wir mit Ihnen rechnen, Frau Doktor? Zum Abendessen?"

„Ja, gern", erwiderte Evi.

„Sie wollen einen Krankenbesuch in der Neurologie des Klinikums machen, habe ich das richtig verstanden?", erkundigte sich Schwester Grete. „Ich werde um sieben dorthin fahren und einen Mann abholen, der uns heute Abend in der Bibelstunde aus seinem Leben berichten wird. Ich könnte Sie mitnehmen und später wieder abholen, wenn ich unseren Gast wieder ins Klinikum bringe."

Evi wankten die Knie und sie wurde blass.

„Ist Ihnen nicht gut?", fragte Schwester Grete besorgt.

„Doch, doch, es war alles ein wenig zu viel! Es wird gut sein, wenn ich erst einmal ein bisschen schlafe."

„Da haben Sie recht. Wir wünschen Ihnen angenehme Ruhe."

Aber Evi rang sich durch und rief der Schwester, die schon halb auf der Treppe war, hinterher: „Schwester Grete, darf ich fragen, wer der Gast ist, der heute Abend von der Klinik hier ins Haus kommt?"

„Aber gern, Frau Doktor. Es handelt sich um einen Almhirten aus Südtirol, der im Klinikum an einer Pharmastudie teilnimmt. Er leidet an Parkinson. Er ist eine beeindruckende Persönlichkeit. Er war schon zweimal bei uns hier zur Bibelstunde."

Evi wartete nicht mehr auf den Namen, den Schwester Grete noch hinzufügen wollte. Sie zog die Tür hastig hinter sich zu und ließ sich aufs Bett fallen, noch bevor sie die Stiefel ausgezogen hatte. Sie weinte vor Freude und wühlte ihren heißen Kopf tief in die Kissen.

Schneller, als sie geglaubt hatte, war sie aus der langen Zeit der Trennung in Tonis Nähe katapultiert worden. Wie hatte sie sich in all den Jahren nach einer Begegnung mit ihrem Geliebten gesehnt! Nun trennten sie nur noch wenige Stunden voneinander.

Völlig übermüdet schlief sie nach wenigen Minuten ein. Der Lärm aus der Kinderstunde konnte sie nicht stören.

Kurz vor halb sechs klopfte es zaghaft an der Tür. „Dürfen wir Sie in einer halben Stunde zum Abendessen erwarten, Frau Doktor?" Evi bestätigte dies kurz und völlig verschlafen.

Sie erschien pünktlich im Esszimmer der Ordensschwestern. Ihre Lippen waren dezent geschminkt, das volle blonde Haar zu einem üppigen Pferdeschwanz gebunden. Die Jeans saß wie auf den Leib geschneidert, der schwarze Pullover betonte ihre Figur geschmackvoll.

Die Schwestern musterten ihren Gast aus London unaufdringlich, erkundigten sich nach dessen Zufriedenheit mit Bett und Bad und kamen zur Ruhe, als Schwester Grete das Tischgebet sprach.

Evi hatte es sich abgewöhnt, grundsätzlich vor dem Essen zu beten, ohne dass sie dabei etwas vermisst hätte. Sie sprach jedoch das Amen laut mit, um den Schwestern ein gutes Gefühl zu geben.

Bei warmem Leberkäs und Kartoffelsalat entstand eine behagliche Stimmung. Evi hatte keinen Hunger, aber sie wollte verhindern, genötigt zu werden, sodass sie sich lange an einer halben Portion aufhielt. Sie musste unbedingt mit der leitenden Schwester reden, bevor diese ins Klinikum fuhr.

Schwester Grete spürte Evis Unruhe und fragte frei heraus: „Frau Dr. Stocker, können wir noch irgendetwas für Sie tun?"

Evi zögerte, aber dann überwand sie sich und bat um ein persönliches Gespräch mit Schwester Grete, möglichst gleich.

Diese nickte ihr aufmunternd zu und nahm sie mit in das Empfangszimmer. „Bitte schön, ich bin für Sie da!"

Und dann sprudelte es aus Evi heraus. Wie im Zeitraffer erzählte sie in zehn Minuten ihre Lebensgeschichte: von Schladming nach Bruneck, von Terenten nach London und zuletzt nach München.

Schwester Grete hörte ergriffen zu und tupfte sich die Tränen aus den Augen.

Nach einer Weile waren sich die beiden einig: Evi sollte nicht mit ins Klinikum fahren. Schwester Grete würde Toni wie vereinbart abholen. Um acht Uhr begann die Bibelstunde. Evi sollte Toni nicht vor seinem Auftritt treffen, damit er ganz unbefangen aus seinem Leben berichten konnte.

Schwester Grete zeigte Evi die Räumlichkeiten und wartete mit einer genialen Idee auf: Der große Versammlungsraum war über eine Falttür mit einem kleineren Raum verbunden. Wollte Frau Dr. Stocker den Vortrag vielleicht von dort aus – für die Gäste unsichtbar – mitverfolgen?

Beide schauten sich mit einem verschmitzten Lächeln an und umarmten sich. In Schwester Grete hatte Evi eine feinfühlige Verbündete gefunden. Die junge Ärztin verschwand wieder im Dachgeschoss, während Schwester Grete sich in ihren Golf setzte, um zum Klinikum zu fahren. Das Autofahren gehörte wohl nicht zu ihren größten Talenten, wie man an der ramponierten Stoßstange feststellen konnte.

Evi ging wieder in ihr Zimmer. Sie konnte die Spannung kaum noch ertragen. Wie würde Toni reagieren? Wie würde er aussehen, wie stark hatte ihn die Krankheit verändert?

Sie war so durcheinander, dass sie noch dreimal ins Bad ging, sich im Spiegel betrachtete, ihr Make-up prüfte, die Frisur richtete. Das Abendessen rumorte in ihrem Magen, obwohl sie ja kaum etwas zu sich genommen hatte.

Kurz vor acht erschien Schwester Grete. „Er hat keine Ahnung, der arme Mann!" Als sie Evis Nervosität spürte, fragte sie spontan, ob sie jetzt ein Gebet sprechen dürfe.

Evi stimmte erfreut zu.

So kniete sich Schwester Grete nieder und begann, leise und innig zu beten.

Evi zögerte nicht lange, sondern ließ sich neben der Schwester zu Boden gleiten. Es war ein heiliger Augenblick des Friedens und der Geborgenheit.

Schwester Grete legte ihre Hände auf Evis Kopf und sagte mit fester Stimme: „Der Friede Gottes, der höher ist als unsere Vernunft, bewahre unsere Herzen und Sinne in Jesus Christus, unserem Herrn!"

Evi schluchzte kurz auf und erhob sich dann ruhig.

Sie gingen im großen, offenen Treppenhaus die knarrenden Stufen hinunter. Der Versammlungsraum war bereits geschlossen. Die überquellenden Garderobenständer ließen auf ein volles Haus schließen. Schwester Grete schob Evi in den dunklen Nebenraum – die Falttür stand eine Handbreit offen, sodass ein Lichtstrahl in den Raum fiel.

Evi setzte sich vorsichtig in einen Sessel neben der Tür. Sie sah durch den Spalt nur die Rückenpartien der Gäste. Dann hörte sie, wie Schwester Margarete den Abend eröffnete. Nach dem Grußwort und einem Lied, das von einem Harmonium begleitet wurde, stellte sie den Redner des Abends vor:

„Wir freuen uns sehr über unseren Gast, Herrn Anton Hinteregger. Er stammt aus Südtirol und befindet sich zurzeit hier im Klinikum. Er war schon zweimal bei uns in der Bibelstunde, und wir haben ihn gebeten, uns heute aus seinem Leben zu erzählen. Wir begrüßen unseren Gast mit einem herzlichen Applaus!"

Nachdem das Klatschen verstummt war, trat eine gespannte

Stille ein. Stühle wurden verschoben, als wollten sich die Gäste eine gute Sicht aufs Rednerpult sichern.

Evi schloss die Augen. Sie empfand die seltsamen Umstände als geradezu ideal, um Toni gewissermaßen in zwei Etappen wiederzuentdecken: zunächst akustisch und später dann optisch.

Dann hörte sie Toni sprechen. Dreizehn Jahre lang hatte sie diese Stimme nicht mehr gehört. Etwas rauer und brüchiger als früher, aber trotzdem klar und deutlich, mit der typischen Südtiroler Tonfärbung, die sie selbst in all den Jahren in London und Oxford verloren hatte:

„Liebe Schwestern, ich danke für Ihr Vertrauen, dass Sie einem einfachen Südtiroler Kuhhirten das Rednerpult überlassen. Wir kennen uns ja erst seit zwei Wochen."

Ein leicht belustigtes Raunen lief durch den Raum.

Evis Gesicht verzog sich ebenfalls zu einem Lächeln. Begierig sog sie Tonis Worte in sich auf. Darauf hatte sie so lange gewartet! Der Klang dieser Stimme war so vertraut und beschwor so viele schöne Erinnerungen herauf!

Erst nach einer Weile erfasste sie den Inhalt der Rede, die Toni erstaunlich gewandt vortrug. Er erzählte von seiner traurigen Kindheit, vom Tod der Eltern, dem Verlust seiner Heimat und vor allen Dingen von der Zuflucht, die er auf dem Raffalthof gefunden hatte.

Für einen Moment schämte sich Evi dafür, dass sie ohne sein Wissen Zeuge seines Vortrages war. Sie fragte sich, ob er auch von ihrer Liebesgeschichte und von der räumlichen Trennung berichten würde.

Aber er erwähnte nichts davon, sondern machte einen Sprung in die Zeit seiner Erkrankung. Damit fesselte er die Zuhörer offensichtlich. Als Toni die quälende Einsamkeit beschrieb, die das

Leben mit Parkinson zusätzlich beschwerte, musste Evi mit aller Gewalt ein aufkommendes Schluchzen unterdrücken. Allein die Sorge, Toni bei seinem Vortrag zu irritieren, gab ihr die Kraft, ihre Gefühle unter Kontrolle zu halten.

Nach einer halben Stunde kam Toni zum Schluss. Schwester Margarete leitete das offene Gespräch ein und ermutigte die Gäste, Fragen an den Referenten zu richten.

Natürlich kam die von Evi befürchtete Frage, und zwar gleich zu Beginn: „Herr Hinteregger, Sie haben nichts über Ihre Familie gesagt. Sind Sie verheiratet, haben Sie Kinder?"

Toni schien jedoch gar nicht verwundert. Er antwortete ohne Umschweife: „Ich bin ledig, aber auch offen für eine feste Beziehung und Heirat. Ich würde gern Kinder haben und ihnen das Zuhause bieten, das ich immer vermisst habe." Damit hatte er alle weiteren Fragen in diese Richtung beantwortet.

Ganz still wurde es im Saal, als er gegen Ende des Abends gefragt wurde, wie er damit zurechtkomme, dass Gott ihm so ein schweres Schicksal zumute. Ob er nicht insgeheim zornig oder bitter sei?

Toni erwiderte, dass er sich von Gott beschenkt und begnadigt fühlte. „Meine Krankheit ist keine Strafe Gottes, sondern eine Chance der Bewährung meines Glaubens." Er berichtete davon, wie er seit der Diagnose neue Fertigkeiten entwickelt hatte: Schreiben, Dichten, Memorieren. Und dass er, der schweigsame Almhirte, inzwischen sogar Vorträge halten könne, sei doch wirklich ein Wunder.

Diese Bemerkung, die er augenzwinkernd hinzugefügt hatte, brachte ihm einen stürmischen Applaus ein.

Am Schluss bekannte er: „Ich glaube, dass Gott mich heilen kann, wie er vor 2000 Jahren durch Jesus geheilt hat. Aber ich habe gelernt, dass heil zu sein und im Frieden mit Gott, sich selbst und seinen Nächsten zu leben, wichtiger sein kann, als geheilt zu werden!"

Evi traute ihren Ohren nicht. War das der Toni, den sie vor dreizehn Jahren alleingelassen hatte? Es war eine reife, in sich ruhende Persönlichkeit.

Ihr Herz klopfte bis zum Hals. Sie war nur noch wenige Minuten von der Begegnung mit ihrem Liebsten entfernt.

Der Saal leerte sich langsam. Toni hatte sich ins Bad im zweiten Stock zurückgezogen, um sich frisch zu machen.

Als er die Treppe herunterkam, fing ihn Schwester Grete ab. „Herr Hinteregger, bitte nehmen Sie noch einmal kurz im Empfangszimmer Platz. Wir haben eine Überraschung für Sie."

Toni wunderte sich. „Eine Überraschung?" Er war so neugierig, dass er sich gar nicht erst hinsetzte. Obwohl er von dem Vortrag etwas erschöpft war, zeigte sich kein Zittern. Er hatte die neue Tablette pünktlich eingenommen. Wie gebannt starrte er auf die Tür, die sich langsam öffnete.

„Evi!", schrie er dann und riss die Augen auf.

Und sie hauchte lautlos: „Toni!"

Beide eilten aufeinander zu, fassten sich an den Händen und blieben einen Moment stehen, bevor sie sich schließlich in den Armen lagen. Nach einer Weile sahen sie sich an und küssten sich innig.

„Wie schön du bist!", flüsterte Toni und nahm ihren Kopf in beide Hände, als wolle er ihr strahlendes, tränenüberströmtes Antlitz nach den Grübchen absuchen, die er jede Nacht im Halbschlaf vor Augen gehabt hatte.

Er küsste sie von der Stirn bis zum Nacken und sog ihren Duft in sich auf.

Evi war schwindelig vor Glück. Ihr Herz schlug wild bis zum Hals, ihr Atem raste. Sie musste sich dazu zwingen, tief durchzuatmen, und schließlich beruhigte sich ihr Herzschlag ein wenig. Aufmerksam betrachtete sie nun Tonis Gesicht. Ja, dachte sie bei sich, er war alt geworden. Parkinson hatte Spuren auf seinem Gesicht hinterlassen. Mitten im Sog überschäumender Freude und Dankbarkeit keimte die bittere Gewissheit, dass sie einen unheilbar kranken Mann in ihren Armen hielt.

Und plötzlich war er da, der Ankläger: Hättest du ihn nicht verlassen, dann stünde es jetzt besser um ihn.

Evi wusste im nicht enden wollenden Himmel ihres Glücks, dass die Hölle bis zum Rest ihres Lebens versuchen würde, sie mit diesem Vorwurf zu quälen. Sie hatte seit der Trennung von Mac Cormick den Teufel nicht mehr gespürt, aber jetzt war er da. Im Augenblick größten Glücks und tiefster Nähe Gottes. Und sie wusste, dass sie sich auch in Zukunft manchen Herausforderungen stellen musste.

Keiner wollte die eingetretene Stille stören, sie lauschten dem Herzschlag des anderen und kamen langsam in der Wirklichkeit an.

„Was machst du hier in München?", stammelte Toni.

„Dich besuchen!", lächelte Evi.

„Aber woher weißt du …?"

Evi ließ ihn nicht weiterreden. Sie bedeckte seinen Mund mit Küssen, sodass seine Fragen im Sturm der aufgestauten Emotionen erstickten. „Warte", sagte sie schließlich, „wir haben jetzt alle Zeit der Welt."

Toni schielte bemüht unauffällig zur Wanduhr und meinte kleinlaut, er müsse um 23:00 Uhr wieder im Klinikum sein.

„Ruf an und melde dich für den Rest der Nacht ab!"

„Äh, und was soll ich sagen?"

„Dass du erst morgen zum Start des Tagesprogramms wieder in der Klinik sein wirst. Du bist ein erwachsener Mann und keinem verantwortlich, wo du die Nacht verbringst! Außerdem wirst du von einer promovierten Neurologin betreut. Privat!"

Toni lächelte. „Ja, ich bleibe heute Nacht bei dir! Uns trennt keiner mehr." Er löste sich aus Evis Armen und ging ins Bad, um sich die Tränenspuren aus dem Gesicht zu waschen. Dann klingelte er an der Schwesternwohnung.

Schwester Grete öffnete hoch errötet, als hätte sie die Wiedervereinigung der beiden aus unmittelbarer Nähe miterlebt – was sie natürlich nie gewagt hätte. „Darf ich Ihnen zu Ihrem Glück gratulieren, lieber Herr Hinteregger?"

„Gern!"

Und bevor Toni nach einem Nachtquartier fragen konnte, sagte sie: „Ich kenne die Nachtschwester Ihrer Station. Soll ich anrufen und ausrichten, dass Sie bei uns im Haus übernachten werden?"

Evi und Toni waren einen Moment lang sprachlos, fast überrumpelt, aber dann gingen sie gern auf diesen Vorschlag ein.

Auf der Gästeetage sei noch ein Zimmer frei, ließ Schwester Grete wissen. „Und morgen früh serviere ich Ihnen um sieben Uhr das Frühstück. Danach können Sie in aller Ruhe zu Fuß zur Klinik gehen!" Die Schwester zog sich wieder zurück.

Evi und Toni gingen wie Kinder Hand in Hand die knarrende Treppe hoch und verschwanden auf der Gästeetage. Sie hatten sich so viel zu erzählen.

Am anderen Morgen saßen sie müde, aber vergnügt beim Frühstück.

Eine junge Praktikantin war für die Reinigung der Gästeetage zuständig. Als sie die Zimmer lüften wollte, stellte sie fest, dass das für Herrn Hinteregger reservierte Zimmer völlig unberührt geblieben war. Oder hatte der Südtiroler etwa so korrekt das Bett gemacht? Das war doch kaum möglich.

Dienstbeflissen, wie sie nun einmal war, erstatte sie ihrer Chefin Bericht.

Doch Schwester Grete sah sie beinahe strafend an. „Das geht

uns nichts an! Merk dir das. Du hast die Zimmer zu reinigen, es unseren Gästen angenehm zu machen, alles andere geht dich nichts an. Gastfreundschaft ist unser Gottesdienst! Hast du das verstanden?"

Die Praktikantin entfernte sich hochroten Kopfes.

Inzwischen waren die beiden Liebenden schon auf dem Weg zur Klinik. An einer Baustelle mussten sie durch eine schmale Passage gehen. Toni übernahm ortskundig die Führung, Evi lief ihm hinterher.

Und da sah sie es. Es war ihr im Freudentaumel des Vorabends gar nicht aufgefallen: Toni schlurfte leicht mit den Füßen, die Schultern hingen nach vorn, und der linke Arm hing schlaff an ihm herunter, als gehöre er nicht zu ihm.

Und schon meldete sich eine verächtliche Stimme in ihrem Kopf: „Willst du wirklich diesen hinfälligen Hirten heiraten? Du bist in deinen besten Jahren. Die Männer drehen sich nach dir um. Und du willst einen Behinderten heiraten? Willst du dein Leben mit einem Mann teilen, der bald im Rollstuhl sitzen wird? Willst du deine Karriere aufs Spiel setzen, indem du einen Tatterich betreust?"

Evi blieb zurück.

Toni sah sich nach ihr um und signalisierte ihr „Tempo".

Aber sie konnte nicht schneller.

Da kam er zurück und hakte sie unter.

„Toni, bitte, das war alles etwas zu viel für mich. Können wir uns hier kurz in das Café setzen?"

Toni half ihr in den Sessel und betrachtete sie besorgt.

Als die Bedienung forsch auf einer Bestellung bestand, winkte Evi ab. Sie kamen ja gerade vom Frühstück. So zogen sie nach ein paar Minuten eng umschlungen weiter.

Toni war mächtig stolz, als er später in der Klinik mitbekam, wie

Evi mit den Neurologen fachsimpelte. Er spürte, dass er jetzt in doppelter Hinsicht in besten Händen war.

Evi wich den ganzen Tag nicht von seiner Seite. Toni musste noch drei Tage den Abschluss der Studie abwarten. Doch Evi wusste schon aus den Fachgesprächen, dass er gut auf den neuen Dopamin-Agonisten reagiert hatte.

Nachmittags war freie Zeit für die Probanden vorgesehen. Das kam den beiden wie gerufen, denn sie hatten sich noch so viel zu erzählen. So verbrachten sie jede freie Minute in ihrem Übergangsrefugium in Bogenhausen. Zurückgezogen und ungestört begannen sie nachzuholen, was sie über Jahre nicht hatten aussprechen können.

Außerdem hatten sie inzwischen in Bruneck und in Terenten angerufen. Überall war die Freude groß. Evi zog es mit Macht nach Hause zu ihren Eltern und Geschwistern und mindestens genauso stark auf den Raffalthof.

Am letzten Abend in München rückte Toni mit einer Frage heraus, die ihn zunehmend quälte. „Du, Evi", begann er zaghaft, „bist du dir eigentlich im Klaren, dass du einen Lebensabschnitt beenden willst, ohne zu wissen, wovon du in einem Monat leben willst?"

„Ja, mein Schatz, ich weiß, was ich tue. Ich werde zunächst ziemlich mittellos dastehen, vielleicht auf dem Raffalthof ein Zimmer nehmen, bis ich eine Arbeitsstelle gefunden habe."

Toni war noch nicht überzeugt. „Hättest du in London nicht bessere Chancen als hier? Dort hast du dir als Neurologin schon einen Namen gemacht!"

„London? Auf gar keinen Fall. Das Kapitel ist abgeschlossen."

Es wurde eine kurze Nacht.

Die Pläne waren geschmiedet: Sie wollten so bald wie möglich heiraten. Aber sie spürten auch, dass die lange Trennung sie einander entfremdet hatte und dass diese Distanz nicht allein durch Zärtlichkeiten zu überbrücken war.

Toni brauchte Klarheit für seine berufliche Perspektive. Es würde ihm schwerfallen, auf dem Raffalthof zu kündigen. Schließlich verdankte er der Familie Schmid Bildung, Arbeit und Heimat. Und er wusste noch gar nicht, was er beruflich machen sollte.

Evi würde sicher schnell eine Stelle in einer neurologischen Abteilung der Spitäler in Bozen, Brixen oder Meran finden.

Aber wo wollten sie ihren Hausstand gründen? Toni hatte einiges gespart. Evi hatte keine soliden Rücklagen, wollte sich aber auch nicht auf ihre Eltern verlassen. Irgendwie ahnten die beiden Glücklichen auch, dass sie ihre Ehe bewusst nicht im Land ihrer Jugend aufbauen wollten.

Rückschau und Blick nach vorne

Nach dem so lang ersehnten Wiedersehen in München hatte Evi zunächst ein Gästezimmer des Raffalthofes bezogen. Von dort aus konnte sie sich auch besser um ihre Eltern kümmern, die allmählich immer gebrechlicher wurden.

Toni hatte noch eine Sommersaison auf der Raffaltalm und eine Wintersaison unten auf dem Raffalthof zugebracht. Gleich nach seiner Rückkehr aus München hatte er seinen Schreibschatz aus dem Versteck in der Scheune geholt. Es war alles unversehrt. Auf der Grundlage dieser Notizen schrieb er seine Lebens- und Krankheitsgeschichte weiter.

Eher beiläufig erzählte er einige Monate später bei einem Nachuntersuchungstermin in der Klinik, dass er seit der Einnahme des Dopamin-Präparats einen enormen Schub an Kreativität erlebt habe.

Er, der nie einen ordentlichen Schulabschluss absolviert hatte, habe tatsächlich angefangen zu schreiben. Zuerst die Erinnerungen an seine Kindheit, begleitet von Gedichten und Essays, später sogar den Anfang eines Romans.

Dr. Rosenholz reagierte höchst interessiert. Er wollte wissen, wo diese Werke verlegt worden seien.

Toni wusste gar nicht, was der Arzt mit „verlegen" meinte. Er habe seine handschriftlichen Aufzeichnungen in einer Kassette in seinem Quartier versteckt, erklärte er.

„Wie", meinte Dr. Rosenholz, „versteckt? Haben Sie Ihre Werke nicht veröffentlicht?"

Toni zuckte mit den Schultern. Auf die Idee war er wirklich nicht gekommen.

Der Arzt hatte gute Kontakte zu einem bekannten Verlag und aus irgendeinem Grund lag ihm dieser Patient besonders am Herzen. Deshalb ermutigte er Toni, eine aussagekräftige Leseprobe an eine bestimmte Adresse zu schicken, und setzte sich dafür ein, dass der begabte Almhirte baldmöglichst eine Rückmeldung erhielt.

Tatsächlich war der zuständige Lektor begeistert. Er sicherte sich das Manuskript vertraglich und ermutigte Toni zu weiterer schriftstellerischer Arbeit.

Tonis erstes Buch wurde ein Bestseller, woraufhin er viele Einladungen zu Vorträgen und Seminaren im deutschsprachigen Raum erhielt.

Evi und Toni heirateten im Sommer im Haus der Großfamilie Stocker in Bruneck. Traupastor war der Pfarrer aus Schladming, der beide in der nicht leichten Zeit der Verarbeitung ihrer langen Trennungsphase seelsorgerlich beraten hatte. Zum Fest waren neben der Großfamilie Schmid vom Raffalthof auch die Ordensschwestern aus München gekommen.

Die Frischverheirateten brauchten mehr Zeit als erwartet, um ihre persönliche Leidensgeschichte aufzuarbeiten. Evi hatte zwar vorläufig mit allem gebrochen, was irgendwie mit Religion zu tun hatte, aber sie begleitete ihren Mann trotzdem in die Hausgottesdienste in Bruneck und später in die neu gegründete evangelische Gemeinde in Brixen.

Die widersprüchlichen und teilweise sehr bitteren Erfahrungen, die sie auf diesem Gebiet gemacht hatte, hatten dazu geführt, dass sie weniger Probleme mit dem Glauben selbst hatte als mit denen, die diesen Glauben propagierten.

Toni nahm diesen Wandel zwar wahr, aber es beunruhigte ihn nicht. Er selbst war durch die lange Trennungszeit im Glauben tief gereift. Und nach und nach fanden die beiden wieder ihre geistliche Mitte im gemeinsamen Gebet.

Ein halbes Jahr nach der Hochzeit entdeckte Evi in einer Fachzeitschrift für Neurologie eine Stellenausschreibung der damals in der Parkinson-Therapie führenden Königin-Elena-Klinik in Kassel. Dort wirkte Gert Völler, der auf internationalen Forschungskonferenzen das Interesse auf sich und seine Klinik gelenkt hatte.

1973 war das Parkinsonmittel Madopar von Hoffmann-La Roche auf den Markt gebracht worden. Dr. Völler hatte viele klinische Studien durchgeführt, um die optimale Dosierung, die Wirkungsspektren und Nebenwirkungen zu ermitteln. So wurde die Königin-Elena-Klinik am nordwestlichen Stadtrand von Kassel zum gefragten Studienstandort.

Dr. Evamaria Stocker-Hinteregger bekam die ausgeschriebene Stelle und fand ganz in der Nähe der Klinik ein schönes Haus, das sie zunächst mieten und später erwerben konnten.

Für Toni war die Lage ideal. Er konnte zwischen seinen Schreibzeiten und Vortragsterminen ausgedehnte Spaziergänge in den Wäldern zwischen den Schlössern Wilhelmshöhe und Wilhelmstal machen. Mit der Zeit wurde er zu einem gefragten Referenten: in Südtirol, in der Schweiz, in Österreich und in Deutschland.

Es war ein großes Glück für die Eheleute, dass sie zwei Kinder bekamen: Töchterchen Marialuisa und Sohn Andreas bereicherten ihr Leben auf vielfältige Weise und waren insbesondere für Toni die Erfüllung eines lang gehegten Traumes.

Als die Kinder schon etwas älter waren, saß die ganze Familie im Herbst oft am Kachelofen, und Toni erzählte aus seinem Leben. Marialuisa und Andreas kauerten sich links und rechts an Vaters Seite und hörten so bunte und spannende Geschichten, wie sie das Fernsehen nicht zu bieten hatte. Zum Beispiel die Geschichte eines Mannes hier ganz in der Nähe, der schon als Kind immer Angst davor gehabt hatte, Parkinson zu bekommen. Er hatte Gott gebeten, ihn doch vor genau dieser Krankheit zu bewahren.

„Und", fragte Luisamaria, „hat Gott das Gebet erhört?"

Es wurde ganz still, bevor Toni antwortete. „Er hat uns vor Kurzem geschrieben. Nein, er hat inzwischen auch Parkinson bekommen!"

„Aber er hat Gott doch gebeten, dass er ihn vor dieser Krankheit schützen soll! Ich habe immer gedacht, dass Gott auf uns aufpasst und unsere Gebete erhört", klagte Luisamaria.

Und Andreas rief fast wütend: „Das ist nicht fair!"

Evi zog ihre aufgewühlten Kinder an sich, während Toni einen Brief aus seiner Bibel nahm und die Worte seines Bekannten vorlas:

„Ich kann wieder glauben, dass ich trotz Parkinson vielleicht die beste Zeit meines Lebens noch vor mir habe.

Nicht eine erfolgreiche, aber eine folgenreiche Zeit.

Nicht eine furchtlose, aber eine tapfere Zeit.

Nicht eine gesunde, aber doch eine geheilte Zeit.

Nicht eine zweifelsfreie, aber doch keine verzweifelte Zeit.

Nicht eine überzeugte, aber doch eine zeugnishafte Zeit. Ich bin allerdings auch ganz nüchtern darauf eingestellt, dass ich möglicherweise die schwerste Phase meines Lebens vor mir habe!"

Andreas und Luisamaria gingen schweigend in ihre Zimmer, sie kämpften mit den Tränen. Toni bebte vor innerer Bewegung.

Evi starrte ernst in die in sich zusammengefallene Glut. „Toni, dein Weg wird steiler und mühsamer werden. Die Medikamente sind bald ausgereizt. Es bricht mir das Herz, wenn ich sehe, wie tapfer du kämpfst. Und trotzdem glaube ich mit dir an das, was du eben von deinem jungen Leidensgenossen vorgelesen hast: Ich kann wieder glauben, dass du auch nach so vielen Jahren des Kampfes gegen Parkinson vielleicht die beste Zeit deines Lebens noch vor dir hast.

Du bist ein gefragter Autor und Referent, du hast zwei gesunde und begabte Kinder. Ich laboriere nur an den Symptomen, du aber bist ein Ermutiger für alle, die schon längst fertig sind mit dem lieben Gott, die einfach nicht mehr glauben können.

Und du bist jeden Sommer ein paar Tage mit uns auf der Raffaltalm – und dein Freund Alois fährt dich gern jedes Jahr mit dem Traktor hinauf."

Toni lächelte ihr müde zu: „Und wieder hinunter!"

Evi kuschelte sich an ihren Mann. Im Hintergrund lief leise Bachs Kantate zum 2. Ostertag, Tonis Lieblingsmusik:

Erfreut euch, ihr Herzen,
entweichet, ihr Schmerzen.
Es lebet der Heiland und herrschet in euch.
Ihr könnet verjagen
das Trauern, das Fürchten, das ängstliche Zagen.
Der Heiland erquicket sein geistliches Reich.

„Ich kann mich nicht satt hören daran, Evi. Das ist mein Trost, das ist mein Leben. Und du bist es, die mit ihrer Liebe und Fürsorge alle Trauergeister verscheucht!" Und nach einer langen Pause flüsterte er ihr ins Ohr: „Du bist meine Freundin, meine Ärztin und meine Ermutigerin."

Nach einer Weile stand Evi auf. „Lass uns ins Bett gehen. Ich muss morgen früh raus. Ich muss nach Grenoble zu einem Kongress. Professor Benabid stellt uns eine vielversprechende neurochirurgische Methode vor: die tiefe Gehirnstimulation. Vielleicht kannst du einer der ersten Patienten sein, die davon profitieren."

„Wenn du nur bei mir bist …!", seufzte Toni.

Mut

Toni erwartete mit großer Spannung die Rückkehr seiner Frau vom Kongress in Grenoble. Gab es womöglich die Chance, dass sich sein körperlicher Zustand radikal verbessern würde? Allein der Gedanke an eine Operation am offenen Gehirn ließ eine Panik in ihm aufsteigen, die von Tag zu Tag unerträglicher wurde. Sein einziger Trost war die fachliche Kompetenz seiner Frau, auf die er sich verlassen konnte.

Evi kam zurück, wie sie losgefahren war: voller Erwartung, voller Zuversicht. Sie steckte ihren Mann damit an, obwohl sie beide nüchtern genug waren im Blick auf die Risiken dieser schwerwiegenden Operation. Die Gefahr, dass das Sprachzentrum beschädigt wurde oder es zu lebensgefährlichen Hirnblutungen kam, war nicht wegzudiskutieren. Dieser Möglichkeit musste man sich stellen.

Evi erklärte ihrem Mann die Prozedur und schickte ihn dann zu ihrem Chef, der mehr Abstand hatte und somit etwas objektiver war. Das Für und Wider dieser Operation war das Hauptthema der nächsten Wochen.

Als die Kinder immer mehr darauf drängten, mehr über diese Operation zu erfahren, erklärte Evi ihnen den Vorgang so:

„Während der Operation bohren die Ärzte ein Loch in den Schädel des Patienten, durch das sie testweise mehrere Elektroden in eines der überaktiven Areale im Gehirn schieben. Diese Elektroden senden dann über einen elektrischen Kontakt leichte Stromstöße aus. Je nachdem, wo genau die Elektroden sitzen, verbessern sich die Symptome.

Um den perfekten Sitz zu ermitteln, sind die Ärzte jedoch auf die Mitarbeit des Patienten angewiesen. Darum muss er während dieses Teils der Operation wach bleiben und einfache Bewegungen durchführen oder sprechen. So können die Ärzte testen, ob sie sich im richtigen Areal bewegen, in dem die Wirkung am besten ist. Der Patient verspürt dabei keine Schmerzen, weil das Gehirn selbst kein Schmerzempfinden hat.

Haben die Ärzte die Elektrode bestimmt, die den größten Effekt auf die Parkinson-Symptome hat, ersetzen sie diese durch eine dauerhafte Elektrode. Die anderen entfernen sie wieder. Anschließend wird, nun unter Vollnarkose, ein Schrittmacher mit Batterie im Bereich des Schlüsselbeins implantiert. Über ein Kabel unter der Haut wird die Elektrode so mit Strom versorgt; auch die Impulsstärke kann über das Gerät nachträglich verändert werden."

Nach diesem Exkurs herrschte betretene Stille. Luisamaria kuschelte sich an ihren Vater, als wollte sie ihn trösten.

Andreas aber sagte mit fester Stimme: „Vater, das musst du machen! Bestimmt wird es gut gehen, weil du ja Mutti an deiner Seite hast. Welcher Parkinsonpatient ist schon mit einer Neurologin verheiratet?"

Damit war die Spannung gelöst, damit war alles gesagt.

Toni schaute anerkennend zu seinem Sohn. „Andreas, du hast

recht. Ich habe von dem dänischen Philosophen und Prediger Sören Kierkegaard gelernt, dass die Angst vor morgen eine zutiefst heidnische Lebenseinstellung ist. Ein Christ lebt im Heute. Im Glauben an den Gott, der mein Arzt ist, der mit meinen Grenzen und Schwächen vertraut ist, beschließe ich jetzt: Ich werde diese Operation vornehmen lassen!"

Evi war tief gerührt. Sie nahm ihren zitternden Mann in die Arme und flüsterte ihm ins Ohr: „Wir schaffen das! *Wir!*"

Finale

"Herr Hinteregger, hören Sie mich?" Toni öffnet vorsichtig die Augen und sieht nur ein grünes Tuch, das sich über sein Gesicht spannt. Irgendwer drückt ihm die Hand. Die Stimme kommt ihm bekannt vor. Er versucht, den Kopf zu drehen, aber statt des Kopfes dreht sich der Oberkörper.

Sein Kopf fühlt sich völlig taub an, denn sein Schädel sitzt mit angespitzten Fixierschrauben in einem Stahlrahmen, sodass er sich keinen Millimeter bewegen kann. Es kommt Toni so vor, als würde er seit Wochen in diesem engen Rahmen stecken.

Er hört zwar seine eigene Stimme, aber das Sprechen fällt ihm schwer. "Wo bin ich? Warum kann ich meinen Kopf nicht bewegen?"

Und schon sinkt er wieder in einen Dämmerzustand.

Aber der Anästhesist lässt ihn nicht absacken. "Herr Hinteregger, es ist vorbei. Sie haben die Operation gut überstanden. Die Neurochirurgen sind sehr zufrieden. Sie waren neun Stunden im Operationssaal. Ihre Frau war die ganze Zeit mit im OP. Sie war so erschöpft, dass sie sich im Nebenraum kurz hingelegt hat, aber ich sage ihr jetzt Bescheid, dass Sie nun ansprechbar sind."

„Danke!", stammelt Toni und drückt die Hand des Anästhesisten, der seit Beginn der OP alle lebenswichtigen Funktionen überwacht und ihn eine Zeit lang ständig mit Fragen wach gehalten hat.

Einer der Operateure rafft die grünen Tücher beiseite und beginnt, sich mit einem Schraubenschlüssel am Stahlrahmen zu schaffen zu machen. Er grinst den eisern fixierten Patienten mit den Worten an: „Ich bin der Folterknecht, der Ihren Kopf jetzt aus diesem Gestell befreit. Die Narkose wird den Schmerz noch betäuben!"

Toni spürt die Drehungen der Schrauben und beobachtet den „Folterkecht", während dieser den Stahlrahmen vorsichtig entfernt. Eine OP-Schwester stillt die Blutungen an den Stellen, wo die Schrauben durch die Haut in den Schädel gedreht wurden. Toni versinkt noch einmal in einen Dämmerschlaf.

Irgendwann wurde er von Evis Küssen geweckt. Der Anästhesist hatte sich taktvoll zurückgezogen. Evi hatte Freudentränen in den Augen, als sie Tonis Kopf vorsichtig in ihre Hände nahm. Der Kopf war glatt rasiert und an drei Stellen sorgfältig verbunden. „Es ist alles gut, mein Schatz! Du hast als einer der Ersten die Operation nicht nur überlebt, sondern dir ist geholfen worden. Du wirst sehr wahrscheinlich wieder zitterfrei laufen und hoffentlich in einigen Wochen wieder ganz deutlich sprechen können!"

„Wie geht es den Kindern?", fragte Toni besorgt.

„Die warten draußen und hoffen, dass sie zu dir kommen dürfen. Aber jetzt kommt erst einmal der Professor, der die OP mit einem zwölfköpfigen Team von Spezialisten geleitet hat. Danach dürfen die Kinder zu dir, sie können es kaum abwarten."

Als Toni einige Tage später um fünf Uhr in der Frühe aufwachte, ließ er sich langsam vor das Bett auf die Knie gleiten. Er vergrub sein Gesicht in der Decke und begann zu beten. Zu beten, wie er es lange nicht mehr getan hatte. Er war allein im Zimmer, nur der Nachtdienst schaute alle halbe Stunde herein.

Er hatte es geschafft. Er durfte zu den ersten Parkinsonpatienten gehören, die in der tiefenstimulierenden Operation eine Art Hirnschrittmacher eingesetzt bekommen hatten.

In den vorhergegangenen Jahren hatte die Wirkung seiner Medikamente immer mehr abgenommen. Die Wirkstoffe waren ausgereizt, schließlich hatte er viele Jahre lang diese Hämmer geschluckt. Seine Bewegungsabläufe waren immer steifer geworden. Der Tremor hatte ihn rund um die Uhr gequält, besonders nachts, sodass er ständig erschöpft gewesen und zum Teil im Stehen oder Sitzen eingeschlafen war.

Die neue Methode war für Parkinsonkranke ein Lichtblick, obwohl die damit verbundenen Risiken durchaus Furcht einflößend waren. Aber er hatte sich dank Evis kompetenter Beratung für diesen Weg entschieden – mit der gleichen Gewissheit wie damals, als er in München an der Pharmastudie teilgenommen hatte.

Er konnte es kaum fassen, dass die Operation tatsächlich gut verlaufen war. Nun durfte er hoffen, dass man die Tablettendosis deutlich verringern konnte und er wieder mehr Lebensqualität gewinnen würde.

Das Leben hatte ihn sichtbar gezeichnet. Seine Evi war immer noch das blühende Leben, eine seltene Schönheit. Das lange Warten auf sie hatte sich gelohnt. In der Zeit ihrer Trennung war in ihnen beiden ein Vertrauen gewachsen, von dem sie bis heute zehren konnten.

Toni ließ seine Gedanken in die Vergangenheit zurückschweifen und führte sich manche Szenen seines bisherigen Lebens noch einmal vor Augen. Die Startbedingungen waren äußerst kläglich gewesen: Eine mittellose Vollwaise, ein mit Sprachfehler behafteter Analphabet und Bettnässer wird kurz vor der Abschiebung in eine Anstalt von einem Bauern in Pflege genommen. Die Bäuerin entdeckt spät, zum Glück nicht *zu* spät, die verborgenen Talente des Jungen und bildet ihn aus.

Als der Befund Parkinson relativ früh über sein Leben hereinbricht, tritt er beherzt gegen die Todessehnsucht an. Sein Leib wird gebogen, gebeugt und vom Zitterterror geplagt. Aber sein Wesen reift unter dieser Last.

Wenn Gott einen Menschen in seine Prägewerkstatt ruft, dann senkt sich sein Segen wie ein schwerer Prägestempel auf den Geprüften. Aber Gott selbst dosiert die Last: Er tariert weise die Balance zwischen Wirkung und Nebenwirkung aus, zwischen notwendiger Belastung und befreiender Entlastung.

Toni stand plötzlich eine Geschichte aus der Bibel vor Augen: Jakob, einer der Stammväter Israels, kämpft am Jabbok-Fluss mit einem Engel. Als Toni als kleiner Junge im Spital in Bruneck gewesen war, hatte ihm seine Mutter ein postkartengroßes Gemälde mit dieser biblischen Szene auf das Nachttischchen gestellt. Unten drunter stand: „Ich lasse dich nicht, du segnest mich denn!"

Seine Mutter hatte ihm damals die ganze Geschichte vorgelesen: Jakob wurde gesegnet, aber er wurde in diesem Segenskampf körperlich gezeichnet – er hinkte für den Rest seines Lebens.

„Behindert, zerbrechlich, orthopädisch auffällig, aber gesegnet! Das ist mein Leben!", murmelte Toni vor sich hin.

Wochen später, als er längst wieder zu Hause war, stand er eines Abends ganz unvermittelt auf und ging in den Keller. Er kramte in einer Kiste mit allerlei Erinnerungsgegenständen aus seiner Almhütte. Unter ein paar Bildern und Büchern fand er einen Leinensack, in dem er früher die Wurst und den Speck aufbewahrt hatte. Der Geruch von Rauch steckte noch in dem Beutel.

Evi machte große Augen, als er mit diesem alten Utensil ins Zimmer trat. „Was ist das denn?"

Toni zog schweigend einen Strick, der zu einer Schlinge gebunden war, aus dem Beutel. Stockend und bebend brach es dann aus ihm heraus: „Dieser Strick lag jahrelang unter meinem Bett auf der Almhütte. Ich war oft drauf und dran, ihn am Balken festzumachen und mich in die Schlinge fallen zu lassen. Wie oft habe ich in meiner Verzweiflung nachts unters Bett gegriffen und den Strick hervorgeholt.

Dieser Strick war meine letzte Hoffnung auf ein schnelles Ende. Ich habe ihn damals mit ein paar anderen Erinnerungsstücken eingepackt. Ich habe die Kiste immer vor dir versteckt. Du solltest den Strick niemals entdecken."

Es war totenstill, als Toni die Schlinge löste, jedes Wort wäre jetzt überflüssig gewesen. Er nahm den Strick und warf ihn in die noch nicht verloschene Glut des Kamins.

Das trockene Material fing sofort Feuer, und der Rauch verbreitete eine Duftspur, die Toni nicht mehr wahrnehmen konnte. Aber Evis feiner Geruchssinn erkannte das ganze Duftbouquet aus Kuh und Kammer und sie erinnerte sich an ihren ersten Besuch auf der Raffaltalm.

Gedankenverloren beobachteten beide das kleine Feuerwerk, bis die Flammen den Todesstrang für immer vernichtet hatten.

Evi zog Toni eng an sich heran und ließ ein paar Tränen in sein Haar tropfen. Dann beteten sie gemeinsam mit den Worten Paul Gerhardts:

Ich bin ein Gast auf Erden
und hab hier keinen Stand;

der Himmel soll mir werden,
da ist mein Vaterland.
Hier reis ich bis zum Grabe;
dort in der ewgen Ruh
ist Gottes Gnadengabe,
die schließt all Arbeit zu.

Was ist mein ganzes Wesen
von meiner Jugend an
als Müh und Not gewesen?
Solang ich denken kann,
hab ich so manchen Morgen,
so manche liebe Nacht
mit Kummer und mit Sorgen
des Herzens zugebracht.

So ging's den lieben Alten,
an deren Fuß und Pfad
wir uns noch täglich halten,
wenn's fehlt an gutem Rat.
Wie musste sich doch schmiegen
der Vater Abraham,
bevor ihm sein Vergnügen
und rechte Wohnstatt kam!

Wie manche schwere Bürde
trug Isaak, sein Sohn!
Und Jakob, dessen Würde
stieg bis zum Himmelsthron,
wie musste der sich plagen!

In was für Weh und Schmerz,
in was für Furcht und Zagen
sank oft sein armes Herz!

So will ich zwar nun treiben
mein Leben durch die Welt,
doch denk ich nicht zu bleiben
in diesem fremden Zelt.
Ich wandre meine Straße,
die zu der Heimat führt,
da mich ohn alle Maße
mein Vater trösten wird.

Die Herberg' ist zu böse,
der Trübsal ist zu viel.
Ach komm, mein Gott, und löse
mein Herz, wann dein Herz will!
Komm, mach ein sel'ges Ende
an meiner Wanderschaft,
und was mich kränkt, das wende
durch deinen Arm und Kraft!

Da will ich immer wohnen
und nicht nur als ein Gast
bei denen, die mit Kronen
du ausgeschmücket hast;
da will ich herrlich singen
von deinem großen Tun
und frei von schnöden Dingen
in meinem Erbteil ruhn.

Exkurs zum Titel: Populus tremola

Warum zittert die Espe, auch Zitterpappel genannt?
Es reicht ein kurzer, schwacher Windstoß und das Blattwerk von Populus tremula nimmt seine nur langsam abklingenden Schwingungen auf. Als „Pampeln und Schweben" beschrieb einst Martin Luther dieses Wechselspiel zwischen Luft und Laub. Der Reformator war nicht der Erste, dessen Fantasie durch das botanische Phänomen angeregt wurde.

Die ältesten Quellen reichen zurück bis ins Mythische. Gustav Hegis (*1932) „Illustrierte Flora von Mitteleuropa" kommentiert deshalb die besondere Eigenart der Zitterpappel mit einer liebenswerten Legende.

Danach müssen „die Espenblätter deswegen immer zittern, weil der Baum unbeweglich blieb und sich nicht neigte, als Christus am Kreuze starb".

Etwas weniger poetisch heißt es in Schmeils renommiertem „Lehrbuch der Botanik": „Da die langen Stiele seitlich zusammengedrückt sind, geraten die Blattflächen schon beim geringsten Luftzug ins Schwanken."

Seit den 50er-Jahren gaben sich Biologen mit dieser Version zufrieden. Doch erklärt war das Phänomen damit noch immer nicht.

„Bisher", so der Münchner Physiker Dr. Oskar Bschorr, „konnte keine physikalische Interpretation für das Espen-Phänomen gefunden werden."

Mit einem sechsseitigen Beitrag in „Naturwissenschaften", der Hauszeitschrift der Max-Planck-Gesellschaft, hat er diesem Mangel nun Abhilfe geschaffen. Und dafür Leserzuschriften erhalten, „wie bei keiner anderen meiner bisherigen Veröffentlichungen".

Bschorrs Erklärung für das Luthersche „Pampeln und Schweben" nötigt Naturfreunde klassisch-botanischer Prägung in der Tat zu einigen Fragen.

Denn der Physiker, der hauptberuflich für die Deutsche Aerospace (DASA) schwingungstechnische Untersuchungen durchführt, behandelte die sagenumrankte Espe nicht anders als profane Turbinenblätter oder Flugzeugflügel – als Schwingungssystem aus Feder, Masse und Dämpfer.

Ein passender Baumbestand direkt vor seinem Bürogebäude auf dem Werksgelände in Ottobrunn erleichterte dem DASA-Mann die dazu notwendigen „in-situ-Beobachtungen" am flatternden Objekt. Das scharfe Hinsehen führte zur Beschreibung von vier charakteristischen Merkmalen der Espenblätter:

Die Steifigkeit der Blattflächen ist sehr groß gegenüber der der Stiele. Die Stiele sind lang, gekrümmt und von elliptischem Querschnitt, wobei die Biegesteifigkeiten in einem Verhältnis von 1:2 stehen. Die Blätter schwingen sowohl quer zu ihrer Längsachse (Translation) als auch um die Stielachse (Rotation).

Die Dämpfung der Schwingungen erfolgt durch Luftreibung. Damit und nach ein paar Messungen zu Frequenz und Amplitude der Schwingungen stand für Bschorr fest, dass es sich im Espen-Fall „formal um dasselbe Problem handelt wie bei dem gefürchteten Flattern von Flugzeugflügeln". Auch dort wird die Luftströmung in Schwingungsenergie verwandelt und das Flattern durch eine Rückkopplung zwischen Translations- und Rotationsschwingung initiiert.

Umgesetzt in Mathematik führt diese Erkenntnis zu zwei gekoppelten Differenzialgleichungen, die dann aufgehen, wenn man dem hängenden Espenblatt sowohl eine Bewegung parallel zur Blattfläche (Flachflattern) als auch rechtwinklig dazu (Querflattern) zubilligt.

Das Flachflattern – Bschorr: „eine Situation ähnlich der bei der Francis-Turbine" – bringt der Espe kaum einen Vorteil. Umso mehr profitiert der Baum, wenn er beim Querflattern mit stark angestellten Blättern eine Kaplan-Turbine imitiert. Dann nämlich wird die Luftbewegung relativ zum Blatt um ein Vielfaches größer als die Windgeschwindigkeit.

Das erstaunliche Resultat: Die Abgabe von Wasserdampf und die Aufnahme von Kohlendioxyd pro Blatt wird erheblich verbessert, gleichzeitig kommt das Gehölz mit weniger Blattmasse aus.

Neben der Espe beherrscht diesen Trick die Birke und, mit wesentlich niederfrequenteren Schwingungen, der Ahorn. Sie alle wachsen zwar nicht in den Himmel, aber doch wesentlich schneller als alle anderen Arten.

Denn die halten ihre Blätter waagerecht, flattern flach und sind daher ökonomisch, gegenüber der effektiver belaubten Konkurrenz, ganz offensichtlich einen Evolutionsschritt zurück.

(Focus, 1.3.1993)

Dank

Meiner Familie für alle Geduld mit dem chronisch schreibenden Ehemann, Vater, Schwiegervater und Großvater.

Andreas Malessa und Steve Volke für die motivierende und inspirierend-kritische Begleitung des Projektes.

Bernhard Matzel für die Korrektur. Er kennt meine „Schreibe" seit 30 Jahren. In dieser Zeit hat er unzählige Artikel aus meiner Feder veredelt.

Mag. Marialuisa Schmid, Tochter des Raffaltbauern in Terenten, dem Spielort des Romans, die das Werk mit Südtiroler Lokalexpertise begleitet hat.

Damaris Müller, die das Buch eingehend lektoriert und dabei hervorragende Arbeit geleistet hat.

Johannes Leuchtmann von Gerth Medien, der nun bereits das dritte Buch mit mir auf den Weg gebracht hat. Fortsetzung folgt. So Gott will und Herr Parkinson nichts dagegen hat.

Werner Bachhuber für die Idee des Titels „Espenlaub". Es war am 10. April 2016 bei einem leckeren Frühstück bei Werner und Sonja in Schwabach/Mittelfranken. Am Vorabend hatte ich den beiden erzählt, dass mir noch der Titel für mein neuestes Werk fehlt. Am nächsten Morgen stand auf einem Zettel zwischen Frühstücksei und Kaffeetasse: „Espenlaub!"

Meinem Leidensgenossen, Paten und Freund Hans Kraft und seiner Frau Erika fürs Testlesen.

Dem Neurologen Dr. med. Jürgen Rieke, der mir 2009 die Diagnose „Morbus Parkinson" auf so eine feine Weise überbracht und mich mit diesem Satz unglaublich motiviert hat: „Sie müssen jetzt einfach das tun, was Sie den Menschen 30 Jahre gepredigt haben."

Jürgen Mette, Herbst 2017

Literaturhinweis

Die historischen Bezüge zu Terenten im Südtiroler Pustertal, dem Spielort des Romans, habe ich dem Buch „Terenten – ein Dorf erzählt" (Bruneck, 1998) entnommen.

Ein Alpenkrimi mit christlichen Bezügen

„Mord und Totschlag im Umfeld von Bibelstunde und christlicher Gemeinschaft – kann das gutgehen? Ja, wenn ein Kenner verschiedener frommer Milieus wie Jürgen Mette die Geschichte erzählt."

Prof. Dr. Thorsten Dietz,
Dozent für Systematische Theologie
an der Ev. Hochschule TABOR

Im Allgäu wird die Leiche einer jungen Frau aufgefunden. Für Hauptkommissar Bachhuber scheint der Fall bald klar zu sein. Als er jedoch das Umfeld des Opfers unter die Lupe nimmt, rückt eine kleine christliche Glaubensgemeinschaft in sein Blickfeld. Hat diese etwas mit dem Tod der Frau zu tun? Durch die Tragödie geraten bei allen Beteiligten die Grundfesten ihrer Glaubensüberzeugungen ins Wanken. Für einige ist dies der Beginn einer heilsamen Entwicklung. Sie werden überrascht von der befreienden Kraft der Gnade ...

Jürgen Mette • Gnadenzeit • Klappenbroschur
224 Seiten • ISBN 978-3-95734-027-6

Wenn die Gesundheit geht und das Heil kommt

„*Alles außer Mikado* ist seelsorgerlich feinfühlig, theologisch reflektiert und hintergründig humorvoll. Eine Lektüre, die ich nur wärmstens empfehlen kann.“

Steve Volke,
Compassion Deutschland

Als Jürgen Mette mehrfach von einem unkontrollierten Zittern überfallen wird, ahnt er, dass mehr dahintersteckt als Kälte. Eine Reihe ärztlicher Untersuchungen bringt schließlich die deprimierende Gewissheit: Parkinson ist in sein Leben getreten. In diesem Spiegel-Besteller-Buch nimmt Jürgen Mette den Leser mit auf eine Reise durch die Höhen und Tiefen einer chronischen Krankheit, die seinen Alltag mehr und mehr prägt. Skurrile und niederschmetternde Erlebnisse haben darin ebenso Platz wie Mut machende Erfahrungen und tiefe Einsichten darüber, was im Leben trägt und wirklich zählt.

Jürgen Mette • Alles außer Mikado
Gebunden • 192 Seiten • ISBN 978-3-86591-762-1

© 2018 Gerth Medien GmbH, Dillerberg 1, 35614 Asslar

1. Auflage 2018
Bestell-Nr. 817191
ISBN 978-3-95734-191-4

Umschlaggestaltung: Björn Steffens und Immanuel Grapentin
unter Verwendung von Shutterstock
Satz: Vornehm Mediengestaltung, München
Druck und Verarbeitung: GGP Media GmbH, Pößneck
Printed in Germany

www.gerth.de